Demain sera plus beau si tu y crois

Lise-Marie Lenormand

Demain sera plus beau si tu y crois

© 2023 Lise-Marie Lenormand

Édition : BoD – Books on Demand, info@bod.fr

Impression : BoD – Books on Demand, In de Tarpen 42, Norderstedt (Allemagne)

Impression à la demande

Illustration : Emmanuelle Quéau

ISBN : 978-2-3225-0447-3
Dépôt légal : Novembre 2023

À vous qui me permettez d'oser encore.

PACÔME

— Alice ! Grand-mère est là, tu descends s'il te plaît ?

Je l'entends d'avance maugréer depuis la mezzanine. Les moments où elle attendait à la porte que ma mère arrive me manquent. Ils me paraissent loin déjà.

Ma mère esquisse un sourire lorsque le bois des marches de l'escalier grince sous les pas délicats de ma fille.

— Ma chérie, comment tu vas ?

Elle serre Alice dans ses bras. Ma fille a envie de s'écarter au premier contact.

— Comme une veille de rentrée.

Alice entre en première cette année, j'ai encore beaucoup de mal à le réaliser. Même si j'ai toujours la sensation que c'est une petite fille, ses traits qui s'affirment me prouvent le contraire.

— Ton été s'est bien passé Alice ?

Ma mère approche la tasse de ses lèvres, prête à accueillir une réponse élaborée de ma fille, qui se conclut finalement par une phrase plus courte que le temps émis à avaler une gorgée de café.

— Paco était chiant.

Je n'en attendais pas moins de son honnêteté. Si je n'avais pas encore compris depuis deux mois, c'est désormais clair.

Elle remonte dans sa chambre en emportant avec elle un biscuit au chocolat, sans embrasser ma mère ou m'accorder un seul regard complice.

Ma mère me scrute, songeuse, et les sourcils arqués.

— Ne t'en fais pas, c'est l'adolescence, tu connais non ?

Elle rit et plonge dans ses pensées. Je n'ai pas besoin d'être télépathique pour comprendre immédiatement ce qui s'y trouve. Je m'aperçois exactement au même âge qu'Alice, balançant quelques horreurs de-ci de-là à ma mère et à mon frère.

L'adolescent est un être prêt à s'enflammer à chaque instant, un parent en moins en est le chalumeau.

— Alors, raconte-moi ce tour de la Corse en caravane ?

Ses yeux s'illuminent à l'évocation de son voyage. Je peux y voir des centaines de souvenirs bien ancrés dans sa mémoire.

Même si je l'ai eue au téléphone durant ces dernières semaines, rien ne vaut des périples imagés par ses innombrables mouvements de mains. Elle n'a absolument rien à envier au président de la République.

Elle reprend depuis son premier jour de juillet jusqu'à la semaine précédente où elle est rentrée. Son regard se perd entre les randonnées dans les montagnes et la dolce vita sur la plage.

Elle n'oublie pas de me parler de l'île Rousse où, d'après elle, j'ai été conçu. Je reste persuadé que cette escapade lui a fait le plus grand bien, non pas pour tourner la page avec mon père, mais pour ne garder que les meilleurs souvenirs. La Corse en fait largement partie.

Je l'interroge quant à mon beau-père qui semble absent aujourd'hui.

— André ne voulait pas me voir ?

Je lui lance un sourire amusé.

— Il est parti en Bretagne rejoindre sa fille et l'aider dans la rénovation de sa maison.

André est son compagnon depuis quatre ans. Ils se sont rencontrés au restaurant d'Élisabeth et de ma mère. André fêtait ses soixante ans avec ses enfants. À la fin du dessert, il a glissé sa carte de visite dans sa serviette et a fait un clin d'œil à ma mère en disparaissant. Elle a tout de suite compris et s'est précipitée vers la table, espérant y trouver quelque chose.

Elle a toujours été indifférente aux approches masculines, n'ayant jamais envie de donner une moindre chance à ces hommes. Seulement, cette fois, c'était incomparable. Elle a rapidement eu le béguin pour cet homme. Leurs veuvages respectifs les ont liés d'une jolie manière. C'était une fortune d'aimer de nouveau, certes d'une façon moins profonde après de vives cicatrices, mais une véritable aubaine de pouvoir vieillir à deux. Elle a mis beaucoup de temps à m'en parler, par peur de ternir l'amour qu'elle portait et portera toujours à mon père. Je n'ai rien dit, mais je le soupçonnais depuis quelques mois. Ce fameux sourire sur ses lèvres, je ne l'avais plus jamais vu depuis que mon père nous avait quittés.

J'ai rencontré André quelques semaines après son annonce. J'ai eu un léger choc en l'observant embrasser ma mère, mais ce n'était rien comparé à la surprenante ressemblance avec mon père. Je ne saurais dire si j'ai collé le visage de mon père sur le sien par espoir ou si finalement les traits de mon père avaient disparu peu à peu de ma mémoire.

C'est un homme bien et il la rend heureuse depuis plusieurs années, cela suffit à me réjouir de cette relation. Je n'ai rencontré sa fille et son fils que très peu en revanche, mais ma mère semble les apprécier.

Ma mère tente de sonder mon âme à travers mes yeux depuis quelques instants.

— Ton été s'est tout de même bien passé, mon chéri ? Tu as l'air fatigué.

Je reconnais bien l'inquiétude incontrôlée de ma mère. Si je n'étais pas aussi têtu, j'admettrais que cela m'avait manqué.

— Le travail me prend du temps, c'est vrai, mais être père m'en consomme bien plus. Surtout pendant les deux mois estivaux !

Je ris pour cacher les craintes qui ne cessent de m'habiter concernant l'éducation et le bonheur d'Alice. Elle est ma priorité. Parfois, j'ai la sensation de l'étouffer tant j'aimerais la protéger.

— Tu lui as dit ?

Mes poings se serrent. Ma vulnérabilité est au maximum aux côtés de ma mère. C'est la seule personne avec qui j'ai le sentiment d'avoir toujours cinq ans.

— Je ne suis pas son père, c'est ce que je lui ai dit.

— Comment a-t-elle réagi ?

Je peux sentir les larmes brûler le coin de mes yeux. La douce main de ma mère caresse ma joue lentement pour m'encourager à lui parler.

— C'était horrible. J'aurais dû lui dire plus tôt, mais je n'avais pas la force. Elle me déteste. Je le vois dans ses comportements. Je viens de lui briser l'âme et ses origines. Elle ne sait plus qui elle est... Et ça, c'est terrible.

Ma mère secoue la tête, n'y croyant pas un seul mot. Les paroles qui suivent me réchauffent le cœur, au point de nourrir l'espoir d'être de nouveau un père dans les yeux de ma fille.

— Tu crois vraiment que les gènes sont plus forts que l'amour que tu lui portes ? Je n'ai jamais vu quelqu'un aimer autant son enfant. C'est ta fille. Sois-en certain et elle n'en doutera plus une seule seconde non plus.

Mon sourire disparaît rapidement lorsque j'entends la porte de sa chambre claquer avec puissance.

Le chemin est encore long, mais la route en vaut la peine. Sans son amour, je ne suis rien.

ALICE

Mon père se lamente auprès de ma grand-mère comme s'il était le plus embarrassé, comme s'il venait d'apprendre que son père n'était pas le sien. Comme s'il ne venait pas d'anéantir ma douce enfance avec lui.

Maintenant, je n'ai plus aucun parent. Je suis une enfant adoptée avec pour uniques souvenirs les bribes d'une mère allongée sur le sol.

Peut-être que cette confusion d'identité explique mon décalage avec le monde qui m'entoure, moi qui ne pense jamais être à ma place là où je suis. C'est comme si ma vie était un puzzle dont les pièces étaient disséminées en chacun de mes proches. Ainsi, eux seuls pourraient m'aider à comprendre ce qui cloche chez moi. Mon père vient de fournir une énorme partie dont j'aurais préféré ne jamais avoir connaissance. La pièce est désormais placée, si je suis joueuse, je chercherai moi-même les contours.

Au moment où je ferme brusquement la porte de ma chambre pour ne plus entendre cette conversation entre adultes qui me donne envie de vomir, la sonnerie de mon téléphone retentit.

— Oui Valentine, je sors de chez moi dans cinq minutes.

— N'oublie pas ton paquet.

— C'est tout le temps moi qui l'apporte, achète-toi tes clopes aussi !

— Mes parents, tu sais… C'est difficile de leur cacher ça.

— Ah oui j'oubliais ce fléau d'avoir des parents. À tout de suite.

Je coupe court au dialogue, persuadée que Valentine s'apitoiera sur mon sort alors que je n'en ai nullement besoin.

Je prends mon sac à dos, noue mes lacets et dévale les marches à toute vitesse. Je me faufile par la porte d'entrée avant d'être arrêtée dans ma course par mon père.

— Ne rentre pas tard, ta grand-mère mangera avec nous ce soir. N'oublie pas que tu as cours demain !

— Ne t'inquiète pas, juste le temps de fumer deux trois clopes et je serai revenue pour dormir.

J'ai déjà traversé l'allée avant qu'il réponde. J'ai tout de même le temps d'entendre la réplique de ma grand-mère qui me fait sourire malgré le tonnerre qui gronde en moi.

— Tu as beau ne pas être son père, j'ai l'impression que c'est ton clone au même âge.

J'avance, les écouteurs dans les oreilles et l'album de Queen jusqu'au fond de mes entrailles.

Je reconnais, à quelques mètres, le pavillon plutôt confortable des Le Goff et pense à l'appartement minable que nous avions jusqu'à mes huit ans avec mon père.

Nous sommes arrivés dans ce quartier dès qu'il a eu les moyens de devenir propriétaire. Notre maison est simple avec un étage et trois chambres. Grâce à Marie, une vieille amie de mon père, la maison a été décorée parfaitement. Je la remercie de tout cœur de l'avoir conçue à notre image. Si on avait dû se cramponner aux idées de mon père, on se serait retrouvés avec des posters de Jedi dans toutes les pièces en guise de tapisserie et une énorme bibliothèque remplie de bouquins comme cuisine. Je me sens en sécurité dans cette maison. J'ai la sensation que rien ne peut m'arriver tant que j'y suis à l'intérieur avec mon père.

Du moins, je le croyais jusqu'à l'année dernière. Avant que je ne me rende compte que les objets électroniques, aussi infimes qu'ils soient, pouvaient faire bien plus de dégâts qu'un monstre jaillissant de mes cauchemars d'enfance.

Je sonne à la porte. Laurence s'empresse de m'ouvrir et de m'inviter à entrer.

— Bonjour Alice. Alors tu es prête pour la rentrée ?

Je me prépare à répondre lorsque Valentine me tire par le bras, me faisant signe de sortir avec elle.

— 'Man, s'il te plaît. Tu imagines vraiment qu'il y a un lycéen en France qui est content d'aller en cours demain ?

— Moi je suis heureux d'entrer en sixième.

Nous nous prenons en fou rire en entendant son petit frère, Germain, se réjouir des prochaines années bien mouvementées si on en croit mon expérience.

Nous partons en direction du parc, prêtes à échanger nos potins avant cette nouvelle année scolaire.

Assises au bord de l'étang, le soleil de fin de journée vient réchauffer nos pommettes rosées.

— T'as des nouvelles d'Hugo ?

Je sens mes mâchoires se crisper à l'évocation de son nom. Les souvenirs de ses caresses sur mes joues sont bien plus prégnants que la tornade qui a été déclenchée derrière.

— Non. J'espère seulement que Justine ne sera pas dans ma classe.

Valentine acquiesce, escomptant, comme moi, que l'on ne sera pas séparées cette année.

Elle est mon pilier depuis si longtemps déjà. Sa mère est une des collègues de Marie. Elle est devenue très amie avec mon père au fil des années. Nous invitons régulièrement la tribu des Le Goff.

Lorsque nous sommes arrivés dans le quartier, j'ai vu Valentine deux fois plus que mon père qui travaillait énormément pour sa boîte. Elle a peu à peu pris une place considérable dans ma vie, à tel point qu'elle est une véritable sœur pour moi.

Elle me comprend toujours même lorsque je ne sais plus qui je suis. Elle me ramène à la réalité lorsque je pars à des années-lumière et me fait me sentir importante lorsque j'ai la sensation d'être une fourmi dans un monde gigantesque. Elle me fait rire aux éclats lorsque la présence d'une mère me manque. Elle me pousse à être la meilleure version de moi-même lorsque je crois n'avoir que des noirceurs à offrir. Elle fait tout simplement en sorte que je sois moi-même à ses côtés et je suis persuadée que je ne serais pas moi sans elle. Elle déclarerait certainement le contraire, mais je lui dois beaucoup.

Je la fixe de mes yeux bleus perçants. Elle réfléchit et je vois bien qu'elle a quelque chose à me dire. L'air sérieux qu'elle prend soudainement me fait peur.

— Tu as parlé avec ton père récemment ?

Je suis soulagée qu'il s'agisse de lui et pas d'autre chose. J'ai appris, ces derniers mois, à m'attendre au pire.

— Non pas spécialement, on mange ensemble, mais personne n'ose parler. J'vois bien qu'il aimerait, mais je m'énerve dès qu'il pose une question. J'ai pas envie qu'il s'intéresse à ma petite existence. Il n'a qu'à faire la sienne, je m'occuperai de la mienne puisque nos vies ne sont pas aussi liées que je le croyais.

— T'es dure Alice… Tu sais, maman m'a parlé… Et si on allumait une deuxième clope ?

Je ne comprends pas son retournement de veste tout à coup. Elle qui était autant en colère que moi lorsque je lui ai annoncé la nouvelle au début de l'été. Elle prend soudainement parti pour mon père.

— Qu'est-ce qu'il t'arrive ?

— Non rien. Je ne sais pas. Je pense juste que c'est ton père quand même.

— Elle a dit quoi Laurence ?

— Rien de spécial, oublie ce que je voulais dire. Ce sont vos affaires après tout.

Je ne cherche pas plus loin et passe à la conversation suivante. Je garde dans un coin de ma tête le plaidoyer de Valentine envers mon père, mais je préfère taire ses potentiels arguments pour le moment. Cette histoire m'affecte trop et je ne veux plus jamais laisser quiconque me faire de la peine. Encore moins l'homme que j'estimais tant, l'homme qui était incapable de me causer une seule souffrance. Je hais mon père pour avoir terni ces certitudes. C'était l'unique être masculin en qui j'avais une totale confiance.

Maintenant, je ne crois ni en mon père ni en ce crétin d'Hugo.

PACÔME

J'avais oublié le bruit de la douche si tôt le matin pendant les vacances. C'est le rituel d'Alice avant d'aller à l'école. De cette façon, je sais si elle a manqué son réveil ou si elle est malade.

C'est sa rentrée ce matin et je suis inquiet pour elle. J'ai conscience que l'été a été difficile à cause de moi, mais j'ai aussi senti qu'un tas de choses la tracassait. Je connais le lycée, je faisais partie de ces quelques tyrans à l'époque et je sais qu'il n'est pas toujours facile de s'y intégrer. Alice a toujours eu beaucoup d'amis, je n'ai jamais eu peur pour elle. Jusqu'à cette année où j'ai intuité que certains faits changeaient. Lorsqu'on est parent, on perd aisément le contrôle sur ces événements. On ne se rend pas compte que notre enfant va mal jusqu'au jour où on le surprend en train de vomir. Elle m'a assuré que c'était un virus ce jour-là, mais je n'ai pas pu la croire. J'ai toujours cette image en tête et je sais qu'il me faudra faire plus attention à elle.

Je me lève tranquillement, enfile un jean et un t-shirt et gagne la cuisine pour mettre en route la bouilloire. Alice est quasiment prête. Ses cheveux mi-longs bouclés sont encore mouillés et ses yeux sont très maquillés. J'étais contre l'idée du mascara et tout ce qui va avec au début, mais l'adolescente a remporté la manche lorsqu'elle m'a dit que j'étais un homme et qu'ainsi je ne pouvais pas comprendre qu'une femme ait besoin de cela pour se sentir belle. Sur ce point, je suis en accord avec l'envie de vouloir plaire. Toujours est-il qu'il ne faut pas ressembler à un panda tout droit sorti de Chine pour en arriver là.

Je la regarde étaler son pain de pâte à tartiner ou plutôt agrémenter sa pâte à tartiner de pain. Je ris en l'observant faire.

— Quoi ?

— Tu devrais en ajouter, il en manque sur le coin à gauche.

Elle me tire la langue avant d'esquisser un sourire. Un sourire que j'ai perdu l'habitude de voir ces derniers temps.

Je lui sers son thé à la menthe avant de me préparer un café. Le reste du petit-déjeuner est calme. Seules les informations matinales diffusées à la radio sonorisent la pièce.

Comme toujours, je l'attends en bas de l'escalier, criant son nom pour la presser. Elle descend en faisant la grimace, m'expliquant qu'elle n'arrive pas à cacher ce fameux bouton. Je lui répète quotidiennement qu'elle est la plus belle et chaque matin elle me dit que ce n'est pas objectif puisqu'elle est ma fille. Mais pas ce matin.

— Je ne suis pas ta fille donc c'est peut-être réel finalement.

Je suis partagé entre le fait qu'elle prenne conscience de sa beauté et le fait qu'elle appuie, dans chacune de ses paroles, que je ne suis et ne serai jamais son géniteur.

Elle claque la porte en entrant dans la voiture et je peux sentir une montée d'angoisse la parcourir. J'ose lui prendre la main avant de démarrer. Elle ne retire pas la sienne et regarde ce qui se passe au-dehors.

Je la dépose sur le parking du lycée avant de partir moi-même au travail.

— Bonne rentrée mon lapin, à ce soir.

Elle sort rapidement, sans se retourner, me laissant seul avec la nostalgie d'une petite fille qui ne sera plus jamais la même.

Je ravale les larmes qui menacent de couler et enclenche la première.

J'arrive au bureau, déjà fatigué.

— Salut chef ! Alors cette rentrée ?

Thomas me donne une accolade comme chaque matin. J'opte pour un demi-sourire qui en dit long.

— Ça reviendra, tu es celui qui l'a élevée et aimée, qu'elle le veuille ou non.

Je ne réponds rien à cette remarque qui me touche pourtant bien plus que cela n'y paraît.

— Allez, au boulot !

Au même moment, les portes de l'ascenseur s'ouvrent sur l'équipe de l'agence où je travaille depuis plus de dix ans. Ils sont devenus, pour la plupart, bien plus que des collègues.

Ils sont déjà concentrés à leurs tâches, mais me saluent avec vigueur lorsque je passe à côté de leurs bureaux.

J'entends l'ascenseur s'ouvrir de nouveau puis un bruit de talons joncher le sol avec force.

— Désolée pour le retard Paco, les enfants sont insupportables en ce moment. La rentrée les a rendus complètement maboules. À moins que ce ne soit leurs parents qui le soient finalement devenus.

Joséphine pose délicatement ses lèvres sur celles de Thomas avant de s'installer à son bureau. Je ris en pensant aux deux petits monstres qu'ils ont créés tous les deux.

J'annonce la pause-café à dix heures et demie avant de regagner l'ascenseur avec Thomas.

— Joséphine a des sautes d'humeur en ce moment, c'est incroyable.

— Tant qu'elle est dynamique au travail, ça me convient.

Nous ricanons tous les deux avant de retrouver chacun notre bureau. Lui, le rédacteur en chef, moi le chef. Nous formons une belle équipe tous les deux.

ALICE

Je suis dégoûtée. Ils ont osé nous séparer avec Valentine. Heureusement, nous avons choisi les mêmes enseignements de spécialité pour être ensemble quelques heures par semaine.

Pour couronner le tout, je dois me coltiner Justine quotidiennement. L'ambiance est tendue, la seule chose dont j'ai envie en ce moment c'est de devenir invisible.

J'entends à l'avance les moqueries de cette pimbêche derrière mon dos, mais j'essaie de ne pas y prêter attention.

Je tente de me concentrer sur le premier cours de l'année qui a commencé depuis simplement une heure et qui me paraît déjà durer une éternité.

— Alors c'était comment ton été ?

Mariam chuchote à mon oreille, attendant ma réponse avec impatience.

— J'ai connu mieux. T'as pu profiter de ta famille au Maroc ?

J'ai eu peu de nouvelles durant ces derniers mois, mais je crois qu'elle est une amie sur qui je peux encore me reposer. Je l'ai rencontrée au collège, nous formions un quatuor avec Anabelle et Jeanne. Sans compter la bande de garçons qui nous suivaient de temps en temps. Lorsque nous sommes arrivées au lycée, j'ai retrouvé Valentine, qui n'était pas dans le même collège que le mien. Depuis, elle fait partie intégrante du groupe et nous sommes passées de quatre à huit avec ses amies. Je ne m'entends pas avec toutes, mais nous passons de bons moments. C'est ce qui compte.

Mariam débute son récit d'aventures marocaines avant que le professeur ne nous interrompe.

Il est dix heures lorsque la sonnerie de la récréation retentit enfin. J'accours chercher un fruit tout en regardant mes messages. Ma grand-mère demande si ma première matinée se déroule bien, ce à quoi je réponds un simple oui.

J'entends la voix d'Hugo qui m'interpelle, je me retourne le cœur légèrement battant.

— Tu vas bien ? Je voulais te dire… Je… On s'est séparés avec Justine.

— Je n'ai absolument rien à te dire Hugo. Tu n'es qu'une merde et tu le resteras.

— Je n'ai rien mesuré, tu sais, les sentiments tout ça. C'était une blague qui a mal tourné. Tu n'en fais jamais toi ?

Sa voix rauque traverse tout mon corps et j'en veux à mon cœur d'éprouver autant de passion à son égard.

— Je ne joue pas avec les gens moi.

Je prends ma collation sans me retourner et pars en direction des filles qui m'attendent auprès d'un banc.

Ce garçon ne me mérite pas. C'est ce que je tente de me répéter pendant que je marche.

Toute la journée, j'ai la désagréable sensation que les filles ont des choses à me reprocher. Ce n'est qu'au moment où les garçons de la bande prennent la parole après les cours que je prends conscience du revirement de situation.

— Bon alors Alice, on a agrandi le trou cet été ?

Boris parle le premier, fier de ses mots odieux. Je me tais et détourne le regard, feignant ne pas comprendre où il veut en venir.

— Visiblement on a aussi élargi ta connerie en deux mois.

C'est Valentine qui répond la première. Elle qui me défendra toujours envers et contre tout.

— Oh allez Alice, on sait tous que tu t'es fait plaisir cet été, il faut l'assumer derrière.

Mes yeux s'écarquillent lorsque j'entends Anabelle prononcer sa phrase. C'est vrai que je n'ai que très peu discuté avec les filles durant ces deux mois passés, mais je ne comprends pas sa réaction.

— Il t'arrive quoi Anabelle ? J'vois pas en quoi ma vie privée vous regarde. On est amies, non ?

Je les fixe, les joues rougies.

— Détends-toi, on charrie. C'est juste qu'on entend beaucoup de choses ces derniers temps. Et, parce que nous sommes amies, je croyais qu'on se disait tout.

Anabelle enchaîne et, à cet instant, je comprends qu'elle est simplement jalouse de ma relation avec Valentine. Cette relation fusionnelle qui a tendance à agacer le reste du groupe.

Je ne réponds pas à sa provocation. Je salue les copains et traverse la cour, prête à rentrer chez moi. Au même moment, j'entends ces quelques phrases qui me font l'effet d'un coup de poignard.

— Eh Alice ! Pour combien tu me suces ? Adam a dit que c'était vraiment pas mal.

Je déteste les gens qui inversent leur entrecuisse et leur cerveau. Jamais je n'aurais pensé que mes propres amis sortiraient des choses pareilles. Boris est mon ami depuis sept ans et pourtant il n'a pas pu s'empêcher de lâcher cette phrase.

— Je ne suce que les garçons qui me donnent envie !

Ma réponse se veut aussi puérile que sa mentalité. Je suis totalement dévastée par son comportement.

Je poursuis mon chemin avec assurance, ne laissant paraître ni mon mal-être ni ma colère.

Ce n'est que lorsque je monte dans la voiture de Marie que la pression se relâche et déclenche une cascade de larmes.

Elle me serre dans ses bras avant de démarrer la voiture. Le trajet se fait en silence. Il n'y a que Louise à l'arrière qui continue le monologue avec ses doudous. J'aimerais n'avoir jamais quitté l'innocence qu'elle a du haut de ses cinq ans.

Nous prenons le goûter toutes les trois avec, comme fond, un documentaire sur les animaux marins qui semble passionner la petite.

— Tu veux m'en parler ?

— Ça ne serait jamais arrivé si papa ne m'avait pas fait cette annonce.

Au moment où les mots sortent de ma bouche, le couteau qui sert à tartiner la biscotte de confiture fait un bond jusqu'au bout de la cuisine. Marie demande à Louise de monter dans sa chambre, sentant que la discussion va virer à des propos que les enfants n'ont pas à entendre. Elle fait la moue. En me calmant soudainement, je lui promets de jouer avec elle tout à l'heure. Son sourire infantile est communicatif.

— Qu'est-ce qui ne serait pas arrivé ?

— Rien. Je voudrais seulement effacer ces derniers mois. Je déteste Pacôme, c'est à cause de lui tout ça. Si maman était encore en vie, tout serait beaucoup plus simple.

Marie réfléchit, cherchant les mots justes. Pendant toutes ces années, elle est devenue la mère que je n'ai jamais eue lorsque mon père ne parvenait pas à calmer mes angoisses ou à comprendre mes hormones. Elle sait toujours me réconforter.

— Nous avons déjà eu cette discussion ma puce. Ton père est une personne merveilleuse. Il n'est peut-être pas la personne que tu croyais, mais il reste la personne la plus digne de ton amour. Tu ne connais qu'une partie de l'histoire.

— J'en sais suffisamment. Ma mère trompait mon père. Je suis née d'un homme dont elle-même n'expérimentait pas plus que son pénis, mais maman est morte et je ne peux pas en vouloir à une personne décédée.

Je laisse l'anxiété m'encercler avant de reprendre la parole.

— Je me sens seule Marie… Je pensais déjà que ma mère était nulle, mais je croyais quand même que mes parents s'aimaient.

— Ton père l'aimait comme un fou.

— Je sais.

Marie détourne le regard. Je sens qu'elle a une question à me poser.

— Est-ce que tu as cherché les lettres dont je t'avais parlé ?

— Non. Je ne veux pas les lire.

— Tu as tort. Tu sais que ton père me tuerait de t'en avoir parlé, alors fais l'effort de les trouver au moins.

Elle rit, pensant sûrement au sort que mon père lui réserverait s'il savait que j'étais au courant que des lettres, soi-disant importantes, étaient cachées dans la maison. Marie n'a pas voulu me dire qui les a écrites et je crains que ce soit ma mère. Je ne suis pas certaine d'avoir envie de les découvrir.

— Ton père ne parviendra jamais à te dévoiler ses plus grands secrets, tu le sais. S'il a mis autant de temps à t'avouer qu'il n'est pas ton père, c'est parce qu'il souffre. Tu crois que tu es la seule à être blessée, mais il y a des choses que tu dois connaître. Et si ton père ne réussit pas à te les dire, j'imagine que ces lettres sauront répondre au flou qui imprègne ta vie.

— Pourquoi tu me dis pas toi-même la vérité ?

— Je ne pourrais jamais trahir ton père. Si tu trouves ces lettres, je n'y serai pour rien.

Elle me fait un clin d'œil complice, me laissant une nouvelle fois perplexe quant à l'existence de ces lettres.

PACÔME

Depuis que je suis directeur, écrire des dépêches me manque. C'est une pression différente qui s'est installée et même si je fais tout pour conserver les relations avec mes collègues, je dois bien avouer que ce ne sont plus exactement mes camarades. Les journées sont intenses et j'aimerais parfois passer davantage de temps avec Alice. Malgré le fait que Marie vienne régulièrement la chercher après l'école me réconforte. J'aimerais tout de même être présent lorsque Alice rentre des cours. Les soirées sont trop courtes après le travail.

Ce soir, je décide de partir un peu plus tôt. Alice aura sûrement envie de parler de sa rentrée. Je fonce la récupérer chez mes amis.

— Salut mon pote ! Comment tu vas ?

Gabi m'ouvre la porte tout souriant, ce qui me laisse espérer qu'Alice n'a pas été désagréable avec eux. Depuis l'annonce de cet été, elle sait que mes amis lui ont aussi menti pendant tout ce temps. Elle leur en veut terriblement.

— Comme un lundi. Alice tu viens ? Je suis rentré plus tôt aujourd'hui, j'ai une surprise pour toi !

Je l'entends s'exclamer de joie à l'autre bout de la pièce avant de se reprendre et de marmonner de nouveau.

Gabi me regarde d'un air amusé avant de murmurer quelque chose à mon oreille.

— J'ai l'impression que Marie et elle préparent un mauvais coup.

Je n'ai pas le temps d'en demander davantage que la petite Louise me saute dans les bras.

— Tonton !

— Oh mon petit chou ! C'était bien l'école aujourd'hui ?

J'embrasse tendrement sa joue, apercevant, derrière elle, ma fille qui ne bondit plus sur moi depuis déjà bien longtemps.

Nous échangeons quelques mots avec Marie et Gabi avant de partir pour la surprise que j'ai prévue. Alice semble mitigée.

Elle comprend rapidement que je l'emmène dîner au restaurant ce soir pour l'obliger à me parler un minimum durant le repas. Son visage se décompose, déçu que ce ne soit pas une sortie à la piscine ou encore un cinéma où personne n'aurait besoin de communiquer.

— Vraiment ?

Je ne lui laisse aucun choix et sors de la voiture en direction du restaurant. Un endroit calme, proche du restaurant de ma mère.

Un serveur nous installe et nous lisons la carte en silence, espérant y trouver du saumon quelque part dans les plats.

— Je vais prendre un burger.

— Tu ne prends pas le tartare de saumon ?

— Non, je n'ai plus aucune raison d'aimer ça autant que toi. C'est pas dans mes gènes.

Alice lance le premier missile d'une longue série. Les heures vont être combatives, mais je ne sortirai pas de table tant que nous n'aurons pas échangé cordialement.

Je commande une bolée de cidre pour accompagner nos plats et trinquer à la paternité qui n'est plus.

— Valentine est dans ta classe ?

Elle hoche la tête de gauche à droite. Je suis immédiatement déçu pour elle. Je sais que cette fille est un repère dans sa vie, une personne qui lui permet de garder les pieds sur terre. Ma fille est un peu comme moi, là et pas là à la fois.

— Je n'aime pas ce lycée.

Je la regarde répondre à ses messages, les yeux rivés sur son portable. Ses doigts glissent sur les touches tactiles à une vitesse que même un tachymètre ne saurait mesurer.

— Ça se passait bien l'année dernière, non ?
— T'en sais quoi toi ? T'étais là peut-être ?

Elle m'agresse vigoureusement, ne me laissant pas le temps de répondre quoi que ce soit.

— Il n'y en a toujours que pour le boulot. T'as même pas le temps de gérer une femme, alors une fille, n'en parlons pas. Ça devait bien t'arranger de me dire que tu n'étais pas mon père. Ça t'enlève une épine du pied, non?

Ma mine est totalement défaite. Je reste abasourdi par ses dures paroles. Je n'avais pas réalisé à quel point elle me haïssait.

— Je t'en prie Alice. Ne dis pas des choses pareilles. J'ai sacrifié beaucoup de choses pour toi. J'ai toujours su que tu n'étais pas ma fille et pourtant je t'ai donné tout l'amour qu'il m'était possible. Je n'ai peut-être pas de femme comme tu dis, pour la simple et bonne raison que le seul amour de ma vie, c'est toi. Tout l'amour que j'ai, il est pour toi.

Mes mots la touchent en plein cœur. Elle a beau ne rien laisser paraître, je sais qu'au fond c'est un être sensible. Elle ne parvient pas à exprimer ce qu'elle ressent, mais elle m'aime d'une force incommensurable et ça, personne ne me l'enlèvera.

Je poursuis mon monologue. Elle m'écoute, le regard perdu, mais les oreilles prêtes à tout intégrer.

— Oui, c'est vrai que je travaille beaucoup. Je suis directeur de cette agence depuis bientôt dix ans et je ne peux pas l'abandonner. J'ai fait une promesse à quelqu'un et je la tiendrai jusqu'au bout. J'aime ce travail. N'oublie pas que, grâce à lui, nous avons les moyens de nous offrir une vie meilleure.

Ma réponse lui convient modérément.

— Tu me parles d'une promesse plus importante que ta propre fille ?

J'aimerais pouvoir lui dire que non, mais ce serait mentir. Ce poste j'y tiens beaucoup, c'est vrai. Seulement, la personne à laquelle j'ai promis ne jamais le quitter, j'y tiens bien plus encore.

Je ne réponds pas, par peur de la vexer davantage. Nous mangeons notre plat dans une ambiance si amère que mon saumon paraît insipide.

Vient le dessert qui promet un bouquet final dépassant tout ce que j'avais imaginé en l'emmenant dans ce restaurant.

Depuis le début du repas, Alice est ailleurs. Son portable fait vibrer la table et je vois bien que quelque chose se passe. Ses mains tremblent lorsqu'elle écrit, ses yeux sont humides et sa voix oscille quand elle tente de me parler.

Le serveur apporte deux crumbles. Alice s'empresse de le manger, espérant sûrement terminer ce repas au plus vite.

— Tu vas me dire ce qui se passe ?

Elle feint ne pas comprendre mon interrogation.

— Je crois que je n'aime pas trop la poire.

— Alice, je t'en prie. Tu regardes ton téléphone toutes les dix secondes depuis tout à l'heure, il est arrivé quelque chose ?

Elle hésite à déballer l'entièreté de son sac, mais se ravise, ne répondant plus à aucune de mes questions.

Je paie l'addition, déçu que cette soirée n'ait abouti à aucun pacifisme. Ce n'est qu'au moment où nous entrons dans la voiture qu'elle s'empresse de sortir la phrase qu'elle avait certainement préparée depuis le début du repas. Cette phrase que je ne suis pas près d'oublier.

— J'aurais préféré que maman soit en vie plutôt qu'être avec toi.

Si elle savait la mère qu'elle était. Je n'ai fait que mentir pendant toutes ces années pour préserver les souvenirs qu'elle avait d'elle. Aujourd'hui, je regrette qu'elle ne se rappelle pas la femme désespérée qu'elle formait. Cela m'éviterait d'avoir à supporter ces insultes qui brûlent tout mon être.

La paix attendra. Pour le moment, c'est Alice qui sort victorieuse de cette bataille prandiale. Et de loin.

ALICE

J'entre en trombe dans ma chambre, écœurée par la tournure de ce repas. J'ai été si dure avec lui. Je m'en veux déjà terriblement. Et puis merde, c'est vrai que je ne suis pas tendre, mais je n'en serais sans doute pas là si je n'avais pas eu cette nouvelle au début de l'été. Il faut dire qu'il a parfaitement choisi son moment.

Cette soirée était horrible. Je me démaquille avant que les larmes ne viennent étaler du noir tout autour de mes yeux.

La conversation de groupe avec mes amis n'a pas cessé de s'afficher sur mon portable, laissant apparaître des insultes de-ci de-là de la part de quelques garçons. Les filles n'ont fait que suivre en réagissant avec humour, croyant que cela me ferait rire à mon tour.

Les mots sont durs, les mots sont immatures.

Pour eux, je ne suis qu'une traînée en qui trop de garçons ont trempé leur ver. Pour moi, je n'ai fait que prendre du plaisir librement, me permettant d'oublier les blessures de l'été.

J'assume fermement tous mes choix. J'aimerais que chacun s'occupe des siens, mais la vie lycéenne n'est pas faite pour ça. D'ailleurs, elle n'est pas faite pour moi.

J'en viens à me décevoir, à détester qui je deviens. Tout cela parce que je ne suis pas conforme aux codes. Moi je m'en moque des codes, je veux seulement les briser. En attendant, ce sont ces lycéens qui me blessent et ce soir je suis incapable d'arrêter les larmes qui perlent sur mes joues.

Au moment où je m'apprête à activer le mode avion de mon portable pour ne plus lire ces mêmes horribles, je reçois une attention d'Hugo. Des mots qui apaisent cette rude soirée malgré l'envie de fracasser sa tête à lui aussi. J'apprécie le geste, mais je doute toujours de l'honnêteté de ce garçon. J'appuie sur effacer et tente de trouver le sommeil.

Il est une heure et demie du matin lorsque je décide enfin de me lever pour donner raison à l'insomnie qui me guette. Elle est coriace, mais je le suis plus encore.

Après avoir tourné en boucle ces horreurs dans ma tête, je me suis mise à penser aux paroles de Marie. Je crois qu'elle a raison, je dois trouver ces fameuses lettres. Si elles peuvent apporter une pièce du puzzle alors peut-être que je devrais les lire.

Je sors discrètement de ma chambre pour gagner le bureau. Je fouille inlassablement tous les recoins de la pièce, espérant y trouver quelque chose, mais en vain. Je suppose alors qu'elles sont dans la chambre de mon père avant qu'une idée ne me traverse. Je me faufile dans le garage, emprunte l'escalier qui mène au grenier et me précipite jusqu'à cette fameuse mallette qui m'intriguait tant quand j'étais petite.

J'essaie tous les codes possibles pour l'ouvrir, mais n'y parviens pas. J'aurais préféré qu'il soit assez stupide pour y mettre ma date d'anniversaire ou la sienne, mais j'échoue.

Le cadenas s'abandonne dans mes mains lorsque j'y compose celle de mon grand-père. Un frisson me parcourt en y pensant. Mamie en parle si souvent. J'ai l'impression de l'avoir connu moi aussi. Est-ce possible qu'une personne n'ayant jamais fait partie de notre existence nous manque tout de même ?

Le coffre est rempli de souvenirs. Des photos d'enfance de mon père, des photos avec ma mère. Les regarder me blesse toujours autant même si mon père me les a déjà montrées. Au fond, je peux apercevoir un tas de lettres. Je les prends avec moi sans réfléchir et me précipite dans ma chambre.

L'adrénaline monte. Je crains de tomber nez à nez avec mon père. Il ne me laisserait sans doute jamais les lire. Une fois la porte de ma chambre passée, je lâche un soupir de soulagement et me pose dans mon lit.

Je remarque que les lettres sont datées et ouvre ainsi la première.

PACÔME

La nuit a été mouvementée. J'y ai vu Chloé me reprochant d'être un mauvais père. Elle demandait la garde exclusive et l'obtenait sans aucune difficulté.

Tous ces juges qui ne cessaient de répéter que j'avais gâché la vie de ma fille. Tous ces gens à l'intérieur du tribunal qui me huaient. Toute ma famille honteuse d'en faire partie. Ma fille me regardant avec le plus grand dégoût. Les frissons qui me parcourent, les larmes qui me traversent. Le réveil qui brise finalement la crise d'angoisse qui monte en moi.

J'entre dans la cuisine, Alice scrute mon visage avec une grande attention. Je ne perçois plus dans ses yeux la colère de la veille. Elle a été remplacée par un sentiment plus fort encore, je le crois. Je n'ose pas lui parler ce matin, je n'ai pas la force de me battre à une heure si précoce.

Nous prenons la route habituelle sans échange, dans une ambiance bien plus tendue que tous les strings que j'ai vus dans ma vie. Sans mauvais jeu de mots.

L'agence est particulièrement calme à mon arrivée. Chacun est occupé à sa tâche et m'aborde à peine. Je monte à mon bureau, confus de l'étrangeté de mes collègues, et commence ma matinée.

Peu avant midi, Thomas frappe à la porte, les rides de son front sont plissées. Ce genre de ridules qui n'annoncent, en général, pas les meilleures nouvelles. Il m'enlace dans une accolade légèrement longue et je vois bien que ses doigts qu'il triture dans tous les sens ont quelque chose à me dire.

— Ça n'a pas l'air d'aller ce matin ? J'ai croisé Joséphine tout à l'heure, elle m'a à peine salué.

Je l'observe ennuyé, cherchant une excuse pour partir le plus loin possible de mon bureau.

— Et si on allait manger quelque part ?

J'accepte sa proposition avec peu d'engouement, sachant pertinemment que s'il me fait sortir de l'agence, c'est que l'annonce est plus grave que des sujets volés par la concurrence.

Nous marchons en direction de l'un de nos bistrots préférés, celui où nous nous retrouvions souvent tous les deux pour aller boire un coup après le travail. L'ambiance y est chaleureuse et décontractée, j'éprouvais régulièrement le besoin d'y aller avec Thomas il y a quelques années. Non plus pour me battre comme je le faisais lors de mes périodes les plus sombres, mais pour me donner le courage d'affronter les questions de ma fille sur ma journée et les mensonges que je prononçais pour y répondre. Je me devais d'être fort pour son bonheur à elle. Le mien, je m'en accoutumais. Même si certains moments ont été bien plus durs que je ne le lui laissais paraître.

Elle n'avait pas besoin de subir mes blessures, elle en avait déjà eu assez. Ses souvenirs ne sont peut-être pas aussi clairs que les miens, mais je sais qu'au fond elle connaît bien plus de choses qu'elle ne veut bien le prétendre.

Au milieu du repas, entre deux coups de couteau sur son bifteck, Thomas ose enfin aborder le sujet qu'il me cache.

Il est dix-neuf heures trente. J'ai entendu tous mes collègues partir les uns après les autres. Je crois qu'il ne reste plus que moi dans cette fichue agence. Thomas a tenté d'ouvrir ma porte avant de quitter le travail. J'avais fermé à clé pour ne pas être dérangé. Il a simplement bredouillé quelque chose à travers la paroi, que je n'ai pas voulu écouter. Je lui ai dit que j'étais au téléphone et il est parti.

Je ne suis pas sorti de cette pièce depuis que nous sommes revenus du restaurant. La fin de mon cabillaud m'a paru insurmontable et le dessert inenvisageable. Nous avons quitté la table sans un mot. Le chemin était long jusqu'à mon bureau. L'ascenseur de l'agence ne m'avait jamais semblé aussi intense, mais c'était dérisoire à côté de l'ascenseur émotionnel qui me parcourait. J'ai feint devoir appeler ma mère et me suis enfermé dans mon antre. J'ai travaillé comme un forcené tout l'après-midi pour oublier.

Il est dix-neuf heures trente et je n'ai plus aucun coup de fil à passer, plus aucun courriel à consulter et plus aucun dossier à compléter.

Il est dix-neuf heures trente et je dois rentrer à la maison pour retrouver une enfant qui ne m'aime plus et un lit bien vide depuis longtemps.

Il est dix-neuf heures trente et je réalise enfin que l'intégralité de mon cœur est ailleurs depuis toujours. Il était avec elle pendant que le sien se reconstruisait avec un autre homme.

Thomas m'a montré le faire-part pendant le repas, cela ne fait plus aucun doute. Elle unira sa vie à lui dans quelques semaines, emportant avec elle les fragments de mon cœur et enterrant dans cette alliance les bribes de notre amour.

ALICE

— Ne les laisse pas t'atteindre. Tu as toujours assumé tous tes choix, continue à le faire Alice. En ne réagissant pas de la façon dont ils le voudraient, c'est ainsi que tu les feras taire. Et moi je t'aime comme tu es.

Les mots de Valentine sont agréables et ralentissent progressivement mon rythme cardiaque.

Les gens sont décevants. Ils ont besoin de suivre le groupe le plus conséquent pour ne pas se retrouver dans la minorité qui fait peur. Ce qu'ils ne saisissent pas, c'est que si chacun se divise, il n'y a plus de majorité. Personne ne gagne, mais personne ne perd.

Je chasse ces idées de mon esprit et retourne en cours, la tête un peu plus légère. Je suis prête à écouter les enseignements instruits. Je ne peux pas dire que la géographie me passionne, mais, cet après-midi, l'unique chose que je suis capable de faire pour oublier ces maux qui me traversent, c'est essayer de comprendre ce cours sur la mondialisation.

J'entends les soupirs de Justine au fond de la classe, plus intéressée par les ragots que par la croissance économique de la France. Elle discute d'Hugo avec une de ses amies.

— Je pense qu'il m'aime encore, il ne veut seulement pas se l'avouer. Il ne trouvera jamais mieux de toute façon.

Je ris de son extrême naïveté. Je connais ce garçon. Persister à l'aimer est une erreur à laquelle je me suis moi-même abonnée ces derniers mois. Ma raillerie s'estompe soudainement lorsque j'entends mon prénom sortir de sa bouche.

— Cette pimbêche d'Alice croit pouvoir me le reprendre alors qu'il ne l'a jamais aimée. Elle baise mal, c'est lui qui me l'a dit.

Cela ne devrait plus m'atteindre, mais je réplique avec une assurance qui ne me ressemble pas.

— Moi, au moins, il a eu envie de me baiser.

Une partie de la classe se retourne. Certains de mes camarades sont outrés par ma prise de parole, d'autres m'applaudissent. Ce qui est sûr, c'est que le professeur a moyennement apprécié. Le mot écrit à mon père sur le carnet de liaison, en fin d'heure, en a témoigné. Ce qui m'est bien égal, car mon père n'est pas en position de force pour me blâmer de quoi que ce soit. M'enlever un père et me cacher l'existence de cette femme durant toutes ces années est d'un niveau bien supérieur au mien.

Mes amies attendent à la porte le temps que le professeur m'accorde une légère remontrance. Je m'avance vers elles, peu déstabilisée par cet épisode.

— Tu lui as bien cloué le bec à celle-là.

— Ce serait bien que j'en fasse autant pour vous en ce moment.

Elles ne répondent rien et comprennent qu'elles sont allées trop loin hier soir.

Nous sortons des cours en direction des bus et j'aperçois au loin Hugo qui m'attend devant celui qui nous conduit chacun chez soi.

Je feins ne pas l'avoir vu et commence à monter dedans. Il m'arrête en me serrant l'avant-bras.

— Est-ce qu'on peut s'asseoir à côté ? J'aimerais te parler.

Sans que mon cerveau ait le temps de répondre, mon cœur pousse ma tête à acquiescer bêtement. Mes connexions neuronales reprennent le dessus lorsque nous sommes confortablement installés à l'arrière du bus.

— Mais je te préviens, je n'ai rien à te dire.

Ses joues s'empourprent. Il sait pertinemment que le trajet sera aussi long que son monologue.

Cela fait cinq minutes que le bus a démarré dans une ambiance des plus glaciales. Il observe mes mains, ose à peine croiser mon regard. Les mots ne parviennent pas à sortir de sa bouche. Je crois bien ne l'avoir jamais vu à ce point vulnérable à mes côtés. Avoir l'impression de prendre l'avantage sur cette relation me fait du bien, mais je me méfie toujours de ses intentions.

— Je n'arrête pas de penser à toi.

Je le fais taire, ne voulant pas en entendre davantage.

— Si tu es venu pour me dire ça, tu peux t'asseoir plus loin. Je ne te crois plus. Tu as trahi la confiance que j'avais en toi et je ne reviendrai plus jamais dessus.

Je vois la déception dans ses yeux. Ces derniers sont prêts à me supplier de leur accorder une seconde chance, mais la fierté les en empêche.

La fin du trajet se fait dans le calme, personne n'ose contrarier l'autre. Le silence avec lui m'apaise, d'une certaine manière.

Je rentre seule à la maison. Mon père n'arrivera probablement pas avant une heure ou deux selon le travail à réaliser à l'agence. Je saute le goûter et me précipite dans ma chambre pour lire de nouveau cette fameuse lettre et décider ou non d'en ouvrir une seconde.

Mes mains tremblent encore de chaque côté du papier. Je ne comprends toujours pas pourquoi mon père m'a caché l'existence de cette femme. Je déchiffre derechef les mots qui y sont couchés avec la même émotion que la veille.

« Pacôme, je suis incapable de garder pour moi les mots qui brûlent au fond de mes entrailles et je reste intimement persuadée que te les écrire vaut mieux que les prononcer à haute voix, de peur que nos corps ne puissent résister à la tentation. Je pensais qu'être à tes côtés tous les jours était préférable à ne plus jamais te voir, et j'étais convaincue d'avoir accepté ton choix. Cependant, cela fait déjà des mois que je ne t'ai plus touché et que je n'ai plus goûté à tes lèvres. Cela fait des mois que tout ton être me manque. Dis-moi que ce n'est pas le cas pour toi et cette lettre sera la première et dernière, je te le promets. *Ton admiratrice la plus secrète.* »

Dans un mélange de curiosité et de colère, je me lance et déplie la deuxième missive. Je suis terrifiée par cette correspondance dont je n'ai jamais eu connaissance.

« Tes mots m'apaisent toujours avec force. Tu fais de moi une femme épanouie. J'avais si peur de ne plus jamais percevoir cette passion dans tes yeux, mais tes regards aujourd'hui m'ont fait prendre conscience que rien n'avait changé entre nous. Hormis cette attente de se retrouver qui amplifie les sentiments envers l'autre.

Alors la réponse à ta question est oui, oui je patiente, oui tu es l'homme que je veux. Le père que tu es ne fait aucun doute sur le compagnon que tu seras dans ma vie. *L'amante qui se languit.* »

D'un geste brusque, je jette cette maudite lettre.

Je croyais que son chagrin, les soirs où il pensait que mon oreille n'était pas collée à la porte de sa chambre, était lié à la perte de l'amour de sa vie alors qu'il pleurait une autre femme. Je n'ai même plus envie de poursuivre cet amour épistolaire qui me dégoûte au plus profond de moi. C'est la trahison de trop.

PACÔME

Les vieux démons ne sont jamais assez loin. Le goût métallique dans ma bouche, à l'instant présent, me remémore ces durs mois passés sans ma fille.

Je regrette déjà les verres de whisky enquillés sans saveur et la droite reçue par le bagarreur du coin lorsque je vois l'ensemble des appels manqués sur mon portable : Alice, Alice, Alice, Marie, Marie, Marie, Marie, Gabi, Gabi, ma mère.

Mon cerveau se reconnecte au père que je suis censé être et mon cœur s'accélère lorsque je pense à la soirée que ma fille a dû passer. Je viens de lui donner une raison de plus de me détester. Comme s'il n'y en avait pas suffisamment.

Pour éviter les remontrances, c'est Gabi que j'appelle le premier.

— Putain mec ! T'es où ? On était fous d'inquiétude !

Je sens la sincérité dans ses mots et surtout ma gorge qui se noue. Je suis mort de honte de n'avoir aucune excuse valable à fournir.

— Alice est avec vous ? Mec, je suis tellement con.

— Oui. Marie est partie la chercher tout à l'heure. Elle dort chez nous.

— Comment va-t-elle ?

Je cède au bout du fil, ne sachant pas comment réagir autrement. Mon nez me brûle, ma chemise est couverte de taches et mon corps ne demande qu'à s'écrouler au sol.

— Elle ira mieux lorsqu'elle t'aura vu. T'es où ?
— Non ! Non ! Elle ne peut pas me voir dans cet état. Dis-lui que Thomas avait besoin de moi, que j'étais chez lui et que je n'ai pas vu l'heure passer. Surtout, transmets-lui que je suis désolé.

J'entends Gabi soupirer au combiné.

— Un mensonge de plus, hein ?

Je mérite le prix du père le plus indigne haut la main, mais je continue à m'enfoncer toujours plus. En voulant la protéger de tout, je ne fais que l'éloigner de moi.

— Je suis au Red Coffee, viens seul s'il te plaît.

Mon ami raccroche instantanément et je sais qu'il a déjà bondi dans sa voiture pour me secourir. Les minutes sont longues en l'attendant et les pensées ne conduisent qu'à m'envahir davantage.

Je revois sa main qui tremble lorsqu'elle me tend la lettre et mon corps qui frémit au contact de nos doigts au moment où je l'accepte.

Je réfléchis pendant des heures à la réponse appropriée et me lance, avec l'impression de sauter dans un vide d'une profondeur de cent mètres, entièrement nu. Je lui livre mes pensées les plus viscérales, mes émotions les plus sincères. Cela fait des mois que je ne cesse de songer à elle et à nos membres qui s'entremêlent. Je me souviens encore de la douleur amère lorsque j'ai mis un terme à notre relation. Je vois ses yeux terrifiés par l'idée de ne plus faire partie de ma vie et mon semblant d'indifférence face à cette croyance.

La vie avec Alice est plus simple, la monotonie du quotidien règne et cela me rassure d'un certain côté. Les résultats scolaires de ma fille sont de plus en plus satisfaisants et le travail à l'agence me passionne toujours autant. Seulement, le vide laissé par Chloé ne sera jamais comblé si je n'ose pas avouer que ma directrice a bouleversé mon existence. Les circonstances sont loin d'être adéquates pour prendre le risque d'aimer de nouveau, mais je ne peux plus lutter contre la peur de la perdre à tout jamais. Elle doit savoir que les sentiments sont toujours partagés et je dois lui demander de m'attendre encore un peu. C'est égoïste, mais j'ai besoin d'être sûr qu'elle sera à mes côtés lorsque je serai prêt à la posséder en retour.

Je me revois glisser la lettre en réponse à la sienne sous sa porte et m'en aller aussitôt comme un adolescent de quinze ans. Les semaines suivantes ont été témoins d'une correspondance épistolaire enflammée qui ne faisait que monter en moi l'envie de m'insinuer en elle pour l'éternité.

Au moment où mes pensées se retrouvent piégées par le passé, le klaxon de la Clio de Gabi me ramène brutalement à la réalité. J'entends la portière claquer et des pas se rapprocher de moi. Je me relève en titubant, les bras de mon ami m'encerclant pour avancer.

J'essaie de reprendre mes esprits, confortablement assis sur le siège passager de la voiture. Je vérifie que personne n'est à l'arrière avant d'exploser dans une pluie de larmes qui éteindrait les feux de forêt de l'Amazonie entière. Si seulement c'était vrai.

— Alice s'était endormie lorsque je suis monté la voir. Je lui parlerai demain matin.

— Merci.

Gabi me raccompagne chez moi sans un mot. Il coupe le moteur et me suit dans la maison, prêt à passer la nuit à m'écouter s'il le faut. Son amitié m'aide à survivre les soirs de tempête et je sais que je suis aussi son feu de bois lorsque sa vie se refroidit.

Je rince mon visage et désinfecte mes vilaines plaies d'une main de maître, par vieille habitude. Je me change et descends rejoindre Gabi qui m'attend sur le canapé, un verre d'eau posé sur la table du salon.

Il prend ce regard plein de compassion, guettant mes premières paroles. Je lui tends le faire-part, ne parvenant pas à prononcer les mots qui ouvriraient toutes les cicatrices du passé.

— Je suis désolé. Tu savais que ça arriverait un jour ou l'autre…

Entre le savoir et y être préparé, il y a toute la muraille de Chine. Je vivais avec des œillères depuis tout ce temps, tant que je n'avais pas de nouvelles, tout allait au mieux pour moi. J'étais au fait que certains de l'équipe lui parlaient régulièrement, mais j'avais demandé à tous une discrétion irréprochable. À tel point que j'ignorais qu'elle avait refait sa vie depuis. À tel point que la vague était bien plus haute que je ne l'avais imaginée lorsque je l'ai enfin prise en pleine face. Même le meilleur surfeur d'entre nous ne pourrait pas éviter la noyade.

— Elle a trouvé quelqu'un qui restera à ses côtés dans le bonheur, mais aussi dans les épreuves. Pas quelqu'un qui se comportera comme un lâche au premier obstacle.

— Mais sans doute quelqu'un qui n'a vécu qu'un dixième de tes peines.

— C'est mon nom qu'elle aurait dû porter si j'avais eu la force de la retenir.

J'ai tellement de haine en moi. Je déteste ce que nous nous sommes fait l'un l'autre. Notre histoire n'a jamais été délicate. C'était une passion se voulant éternelle, mais qui a fini par nous dévorer inéluctablement.

— Je t'en prie, cesse de te jeter la pierre. Aucun de vous n'a su retenir l'autre au moment où c'était nécessaire. Si elle est heureuse sans toi aujourd'hui, alors tu dois avancer. Tu as le droit de l'être toi aussi.

— Mais je ne le serai jamais sans elle.

— C'est ce que tu disais pour Chloé.

Au moment où Gabi croit avoir trouvé la réplique infaillible pour me faire changer d'avis, je détourne le regard et lance la mienne, après laquelle il avale une gorgée d'eau pour se défendre de pleurer à son tour.

— Mais Sophia m'a offert bien plus.

ALICE

Je me réveille en sursaut, perdue dans cette chambre qui n'est pas la mienne. J'allume mon téléphone pour vérifier l'heure. C'est à peine le lever du jour et le quota de sommeil est bien loin d'être rempli.

Mon portable vibre après l'activation, j'espère au fond de moi que c'est mon père. J'ai entendu Gabi dire à Marie qu'il allait bien, mais j'aimerais m'en assurer moi-même.

Son message se veut réconfortant. Il s'excuse de ne pas m'avoir prévenue plus tôt et me promet d'être à la sortie de l'école le lendemain. Mes paupières finissent par se fermer de nouveau, l'esprit plus léger et la hâte de le retrouver. La colère provoquée par ces lettres s'est transformée en inquiétude de ne pas le voir rentrer à la maison hier soir. S'il devait lui arriver quelque chose, je ne crois pas être capable de m'en remettre un jour. Même si je le déteste de ne pas être mon père et de me l'avoir caché pendant toutes ces années, il est la seule personne que je sois susceptible d'aimer de tout mon être.

Marie m'a préparé un petit-déjeuner digne de la monarchie ce matin. Au programme : des œufs brouillés, du pain à volonté, des fruits bien sûr, des produits laitiers, du thé, du jus de raisin… Mais aussi un rictus mitigé. Elle peut me dire ce qu'elle veut, je vois bien qu'il se passe quelque chose.

— Tout va bien Marie ? Papa m'a écrit hier soir, je suis soulagée.

Elle m'adresse de nouveau un demi-sourire qui en dit long.

— J'ai commencé à lire les lettres tu sais.

Ses yeux s'écarquillent brusquement. Elle bredouille dans son coin quelque chose que je ne comprends pas avant de me répondre.

— Tu ne devrais pas toutes les consulter. Je regrette de t'en avoir parlé, je suis désolée, je n'aurais pas dû. Cela briserait ton père…

— Et quoi ? Je devrais faire semblant d'ignorer que mon père avait une autre femme dans sa vie ? Tu la connais, c'est ça ? Vous n'en avez pas marre de me mentir tous ? J'suis plus un bébé ! Je suis capable de comprendre si on m'explique les choses ! Mais puisque personne ne veut s'en charger alors je trouverai les réponses moi-même.

— La vérité n'est pas toujours belle à entendre Alice.

Marie m'emmène au lycée, essayant d'aborder d'autres sujets pour contrebalancer la mauvaise humeur qui règne depuis ce début de matinée. Je claque la portière en sortant, quittant ce monde adulte incohérent pour celui des adolescents tout aussi effrayant. Je ne sais plus auquel j'appartiens, mais je suis sûre d'une chose, c'est que j'aimerais n'être dans aucun des deux.

Valentine se joint rapidement à moi et me serre dans ses bras.

— Alors tu as eu des nouvelles de ton père ?

— Ouais, ils me cachent tous un truc, c'est insupportable.

— En parlant de ça…

Encore une mauvaise annonce. Mon amie n'a pas besoin de m'en dire plus, ce que je devine dans ses yeux ne va certainement pas me plaire.

— Adrien a raconté à tout le monde que vous aviez couché ensemble récemment.

Si j'étais un dragon, je suis à peu près sûre que du feu brûlant sortirait de mes narines jusqu'à ce pauvre garçon. Je pointe mon regard en sa direction. Il comprend d'ores et déjà que le quart d'heure prochain sera le sien.

— C'est quoi ton problème toi ? Parce qu'aucune fille ne s'intéresse à toi, il faut que tu t'inventes une vie ?

Je ne lui laisse aucun temps de réponse. Je suis déjà partie à l'autre bout de la cour. En me détournant, j'aperçois la triste mine d'Hugo, j'aimerais le convaincre que cette histoire est fausse, mais je me rappelle n'avoir aucun compte à lui rendre après tout.

Les rumeurs se propagent comme la covid au sein de ce lycée. En quelques heures, tout le monde est au courant et croit détenir l'exclusivité de l'année. Chacun en parle de son côté, mais jamais au principal intéressé. La version se modifie d'oreille en oreille et me revient différente chaque fois que je l'entends. Ces histoires me fatiguent.

Je ferme mon cahier dès le retentissement de la sonnerie, prête à rejoindre mon père. Hugo me retient avant que je n'aie le temps de traverser le portail.

— Moi je sais que c'est faux Alice. Est-ce qu'on peut se retrouver quelque part ce soir ?

Je réfléchis un instant, mon cœur s'accélérant un peu plus face à sa proposition.

— Je passe la soirée avec mon père.

Il gratte ses cheveux bruns comme à son habitude, tournicotant sa légère mèche vers la gauche.

— J'ai appris pour ton père... Tu as raison de lui laisser sa chance. Je serais prêt à le faire, moi aussi, si le mien revenait.

Son histoire m'avait frappée quand il m'en avait parlé, blotti dans mes bras. Son père les a abandonnés, sa mère et lui, lorsqu'il était âgé d'à peine sept ans. Les mots qui sortent de sa bouche me font mesurer l'aubaine d'avoir un père malgré tout, qu'il soit biologique ou non.

— Viens à la maison avant le dîner, je convaincrai mon père de te permettre d'entrer.

Le sourire qu'il m'adresse est chavirant. J'ai peut-être pris une des pires décisions de ma vie en acceptant de le laisser s'y insinuer une nouvelle fois, mais, quoi qu'il arrive, il est la seule personne qui égaye cette journée.

C'est sans compter mon père qui parvient à gâcher ce bonheur éphémère avant même d'avoir ouvert la bouche.

J'observe son œil au beurre noir. Lui qui me répète sans cesse que la violence ne sert à rien d'autre qu'à casser des nez. J'ai envie de rire nerveusement, mais l'inquiétude prend le dessus.

— Il t'est arrivé quoi ?
— Un malentendu dans un bar, ne t'en fais pas.

Bien sûr que je me fais du souci. Je sais pertinemment que lorsqu'il se battait plus jeune, c'est qu'il allait mal. Grand-mère m'a souvent répété que c'était un petit teigneux au cœur malade.

Il me ment encore et encore. J'espère finir par découvrir pourquoi lorsque j'aurai lu l'ensemble de ces lettres. Désirant secrètement qu'une raison valable s'en dégage. En attendant, je soutiens mon rôle d'enfant naïf à la perfection, ne cherchant pas à en savoir davantage.

— Hugo passera vers dix-huit heures trente.

Ne se sentant pas en position de force pour le moment, mon père accepte sans trop de questions.

— Je croyais qu'il t'avait brisé le cœur au printemps ?

Je préfère ne pas répondre au risque d'éveiller des souvenirs douloureux. Mon père, ce roi de la cuisine, avait réussi à maintenir mes papilles gustatives tout au long de cette période malgré une envie constante de vomir.

Il sait que j'en ai souffert et pourtant il accepte sa venue, prêt à lui accorder le bénéfice du doute lui aussi.

Je fais mes devoirs à la vitesse d'une mini-comtesse, trop perturbée par l'arrivée d'Hugo dans moins d'une heure.

Mon père s'attelle aux fourneaux. J'ai l'impression qu'il prépare un repas d'assemblée, mais je n'ose pas l'arrêter en si bon chemin. Les odeurs sont agréables et montent jusque dans ma chambre. S'il n'était pas aussi troublé, je croirais qu'il est en train de mettre les petits plats dans les grands pour inviter Hugo à dîner.

Hugo sonne à la porte. Je cours lui ouvrir avant que mon père ne le fasse maladroitement. Il me salue timidement. Je l'incite à monter à l'étage, mais mon père intervient. Je les vois se serrer la main, l'un angoissé, l'autre hargneux. Je laisse deviner lequel.

Il me suit dans ma chambre et s'assoit sur ma chaise de bureau. Je décèle, à ses genoux agités, qu'il est aussi anxieux que moi. Cela me rassure, d'une part.

C'est lui qui brise le silence le premier.

— Ce qu'il s'est passé avec Justine, tout ça, c'était nul. La vérité c'est que depuis que je t'ai rencontrée, tout a changé. Tu penses que je suis un beau-parleur, mais, Alice, tout ce que tu sais sur moi, je n'en ai discuté avec personne. Ni à mes amis les plus proches ni au psy qui me suit depuis toutes ces années.

Je m'efforce tant bien que mal de connecter les phrases dans ma tête pour le comprendre. Mais je n'y parviens pas.

— Alors, pourquoi m'avoir lâchée comme une merde pour elle ?

— Parce que c'était ce qui était prévu.

Marie a raison. Toutes les vérités ne sont pas agréables à entendre. Nos regards se croisent. La haine traite à ma place.

— Je n'ai aucune excuse valable. Justine savait que tu avais un faible pour moi. Elle parlait de pimenter notre couple, mais je n'avais pas saisi qu'il ne s'agissait que de sa pauvre vie sournoise.

Il s'arrête un instant, les yeux bien plus humides que tout à l'heure, avant de se reprendre. Ses poings se serrent et je sens que la suite va me plaire.

— J'étais un abruti avant de te rencontrer. Et quand tu m'as percé à nu jour après jour, moi le petit garçon couvert de cicatrices, j'ai eu l'impression que quelqu'un me comprenait enfin et voyait qui j'étais réellement. Alors j'ai pris peur. J'ai fait comme mon père au fond, j'ai pris la fuite. Ton amour m'a effrayé, mais mon amour pour toi m'a terrifié bien plus encore.

Au moment où je devrais le haïr de m'avouer sa lâcheté, c'est mon corps tout entier qui fond de désir pour lui. S'il y a bien une chose que j'ai apprise cette année, c'est que les êtres qu'on aime le plus sont ceux que l'on peut pardonner en une fraction de seconde. Alors j'exécute et approuve sa version. Je prends sa main dans la mienne et la serre de toutes mes forces. Je ne quitte plus ses yeux vert émeraude dont la conjonctive est rougie par les regrets.

— Si je cherche une excuse pour mon père, je dois pouvoir t'en trouver une à toi aussi.

Le baiser qu'il dépose sur mon front me soulage d'un poids. Je n'ai plus envie de me battre contre les sentiments que j'éprouve pour ce garçon.

— Alice… Est-ce qu'il te frappe ?

Mon visage se glace tout à coup et je prends conscience de ses mots. Il a subi tant de coups pendant son enfance.

— Si c'était le cas, jamais je n'essaierais de l'excuser de m'avoir menti. Tu tiens vraiment à comprendre ? La vérité, c'est que c'est un père tellement formidable que j'ai mal à en crever de savoir que ce n'est pas le mien.

Ce qui menaçait d'arriver depuis quelques minutes se produit. Des larmes tièdes et salées se promènent le long de mes joues et atterrissent sur mon débardeur, les unes après les autres.

— Alors je ne comprends pas pourquoi tu lui en veux autant ? S'il t'a caché cette réalité, c'était pour te protéger, non ? Il reste ton père. Qu'est-ce que ça change au fond ?

Je croirais entendre Valentine. Je n'ai jamais réussi à lui expliquer pourquoi mon monde s'était effondré à cette annonce.

— Parce qu'il me cache bien plus encore. Je le sens au fond de moi et c'est comme si tout mon corps refoulait une vérité que je connaîtrais finalement déjà. Je suis prête à le savoir maintenant.

— Tu veux dire que ton cerveau aurait volontairement tu des moments blessants pour te protéger ?

— Toi-même tu es au courant que c'est possible Hugo. Je crois que ça m'est arrivé aussi. J'ai toujours pensé que des parties de mon enfance me manquaient et j'en suis désormais certaine.

Il est le seul à qui je peux tout avouer sans avoir l'impression d'être jugée ou passée pour folle. Qu'il me comprenne m'apaise et me conduit peu à peu vers son pardon.

Hugo a entamé une nouvelle thérapie il y a deux ans, bien avant notre rencontre. Grâce à ça, il a saisi ce que sa tête lui cachait depuis tout ce temps. Il a dû revivre des épisodes douloureux où son père le battait, se remémorer le sang qui coulait et sa mère qui hurlait. Il avait tout oublié. Toute sa vie vacillait alors jusqu'à ce qu'il me croise.

Les psychologues appellent ça l'amnésie dissociative. Il paraît que notre cerveau nous contrôle bien plus que nous le voudrions et que, parfois, il parvient à nous occulter des événements qui nous ont terrifiés pour nous rendre la vie meilleure.

J'ai peur que ça m'arrive aussi, mais la présence d'Hugo me donne de la force.

Je le vois réfléchir un instant à la bombe que je viens de lancer.

— Je peux te fournir un contact s'tu veux ?

— Merci, mais je crois que je n'en aurai pas besoin. J'ai trouvé quelque chose qui m'aidera certainement à rassembler les éléments dans ma tête.

Je me lève en direction des lettres et lui les montre.

Je m'allonge sur le lit et lui demande de me lire la troisième, prête à en découdre.

PACÔME

Les pas dans l'escalier me sortent de mes pensées. Je suis à table en attendant qu'Alice se joigne à moi, la télévision en fond sonore et mon esprit à des années du présent.

J'entends les deux adolescents se faire la bise, ceci me rassurant.

Elle s'installe sur la chaise d'à côté, me scrutant avec force.

— Alors ça s'est bien passé ?

Elle s'esclaffe et me lance une œillade amusée.

— Tu crois vraiment que je vais te le dire ?

J'ai l'impression de la retrouver un peu. Le dîner se déroule au mieux et nous pouvons enfin discuter sans que cela se termine nécessairement en dispute.

Nous regardons une comédie tous les deux avant d'aller nous coucher.

Cette soirée apaise les maux de ces dernières vingt-quatre heures.

À l'agence aujourd'hui, tous mes collègues ont très vite compris mes hématomes. Thomas n'a même pas désiré m'en parler, il s'est contenté d'une accolade. Je crois que Joséphine lui en veut de m'avoir dévoilé la vérité. Je suis allée la voir en fin de journée pour en savoir plus. Elle a longuement hésité avant de réagir à mes questions, par crainte de me blesser davantage. J'ai osé demander tout ce que je n'avais jamais souhaité connaître jusqu'à présent.

— Ils sont ensemble depuis longtemps ?
— Depuis bientôt six ans, je crois.
— Tu l'as déjà rencontré hein ?

Je craignais sa réponse et, surtout, j'avais peur que Thomas l'ait vu lui aussi.

— Une fois, oui. Thomas n'était pas avec moi.

J'étais rassuré que mon ami ne m'ait pas caché une chose pareille.

— Elle est heureuse avec lui ?

Les secondes qui se sont écoulées avant qu'elle n'acquiesce à ma question m'ont paru interminables.

— Elle l'aime ?

Elle a répliqué rapidement, sans réfléchir.

— Je crois.

J'ignore si c'était censé me convaincre ou me pousser à en savoir plus, mais je me suis tu.

Je n'ai pas envie d'espérer qu'une partie d'elle m'aime encore. Maintenant que je sais qu'elle est épanouie, je dois l'être pour elle.

Je me couche, les yeux rivés sur ces lettres qui ravivent en moi des désirs impurs pour cette femme que j'aime du plus profond de mon être.

« Paco, j'observe tes doigts danser sur le clavier quotidiennement et je jalouse en secret ces touches de te sentir. Pourvu que ces membres si délicats s'agitent en moi très vite. Je t'écris actuellement de mon bureau qui ne rêve que d'être balayé d'un revers de paume pour soutenir nos ébats. Je peux déjà savourer tes mains qui s'agrippent à mes seins pendant que les miennes s'occupent de la pointe du V de ton torse. Je te laisse imaginer la suite et coucher tes pensées les plus impures avec ta belle plume. *Celle qui s'excite derrière la porte rouge.* »

Je me revois devant cette lettre, prêt à prendre l'ascenseur pour rejoindre son bureau au plus vite. J'étais finalement rentré chez moi le soir même pour lui écrire une réponse plus espiègle encore.

Ce jeu d'effervescence ne faisait que commencer et ni l'un ni l'autre n'était paré à déposer les armes aussi rapidement.

Je replie la lettre, encore émoustillé par ses mots, et m'endors plus paisible que la veille.

À l'agence ce matin, Thomas continue de me parler pendant que je rédige ce fichu mail à l'un de nos investisseurs agaçants.

— Tu m'écoutes au moins ?

Je fais oui de la tête et il se met à ricaner. Je lève les yeux vers lui et le rejoins dans son fou rire.

— Tu ne peux vraiment pas faire deux choses à la fois toi.

— Oh tu plaisantes mec ! Il y a plein de situations où j'en suis capable.

Nos rires augmentent de puissance, à tel point que nous n'arrivons plus à nous arrêter avant quelques minutes.

— Tu me racontais quoi ?

— Simplement que nous étions invités à un séminaire ce week-end, à Paris. Je ne sais plus si tu te souviens, je t'en avais parlé il y a quelque temps.

Je réfléchis un instant. Beaucoup d'informations sont sorties très vite de ma mémoire cet été. J'étais tellement préoccupé par Alice que cela se répercutait à l'agence.

Je me rappelle maintenant le jour où il me l'a annoncé. Alice venait de me balancer les pires horreurs la veille. J'avais simplement acquiescé aux propos de mon ami et lui avais dit d'accepter.

— C'est déjà ce week-end ?

— Oui. Joséphine s'est chargée de réserver l'hôtel, ne t'en fais pas. Nous n'aurons qu'à poser nos bagages. Pour le reste, il me semble que les organisateurs s'en occupent.

J'ai assisté au même séminaire il y a trois ans. Ce sera la deuxième édition. Il se désire réunificateur des directeurs d'agence de presse, avec au programme des conférences de professionnels malhonnêtes, des soirées huppées à base d'en veux-tu en voilà et des petits fours à la sauce manigance. Ce qui promet, une nouvelle fois, un week-end placé sous le signe de la luxuriance et de la corruption.

Je grossis à peine les traits de ce séminaire, mais je suis un opportuniste, alors je serai aussi de la partie.

Nous avions bien ri avec Thomas. L'alcool y est tellement abondant que nous avions terminé le slip quasiment sur la tête. C'était une des rares soirées où je ne m'étais pas autant amusé depuis longtemps.

Je crois que ce week-end entre hommes me fera le plus grand bien. Je dis entre hommes, mais nous savons tous les deux que nous nous comporterons encore comme deux adolescents attardés, critiquant tout et plaisantant de choses futiles, avec l'innocence en moins et quelques poils en plus.

— Que les hostilités soient ouvertes !

ALICE

Justine s'est levée du bon pied ce matin on dirait. Elle m'envoie ses plus belles attaques, espérant m'humilier devant toute la classe. Je demeure impassible.

Parfois, je me demande où je trouve ma force pour ne pas m'effondrer devant tous ces imbéciles, puis je me rappelle que le faire reviendrait à les laisser gagner. J'ai trop d'honneur pour ça.

Il me reste à peine deux ans dans ce lycée. Je pense pouvoir tenir jusqu'au bout avant de partir pour l'université.

Mon père ne cesse de me questionner sur la suite. J'ai l'impression, moi aussi, d'avoir la fibre pour écrire, mais depuis cet été je ne suis plus sûre de rien. Je croyais que c'était inscrit dans mon patrimoine génétique, mais j'avais simplement un comportement de caméléon envers celui que j'admirais.

Je voulais intégrer une école préparatoire littéraire, mais je me laisse encore le temps d'y réfléchir, lorsque toute cette tempête sera passée.

Les cheveux blonds de cette peste m'agacent. Elle est un stéréotype ambulant à elle seule. Elle parle plus fort que ce fameux animateur exécrable à la télévision, son teint est aussi orange que les carottes du jardin de ma grand-mère et ses yeux sont certes magnifiques, mais détériorés par la malhonnêteté qui pullule au fond de ses iris.

En quelques mots : je la déteste.

Ce qui n'a pas toujours été le cas. Nous étions relativement amies au début de la seconde. Il paraîtrait que je lui aurais volé la vedette. Elle qui était habituée à être le centre du monde, se retrouvait relayée derrière moi. La jalousie est parfois telle que nous ne pouvons voir plus loin que le bout de notre nez.

Aujourd'hui, elle a obtenu ce qu'elle voulait. La plupart préfèrent la suivre et lui donner de l'importance plutôt qu'avouer que je ne mérite pas tout ce qu'il m'arrive.

Le plus blessant, ce ne sont pas les gens incapables de comprendre qui je suis derrière ces rumeurs, mais mes propres amis qui les alimentent.

Je mange avec Hugo au réfectoire du lycée. Les personnes autour ne cessent de nous observer et tentent de perturber ce repas.

— Ne t'en préoccupe pas, ce qu'on s'en fiche des autres !

— C'est toi qui dis ça. Toi qui as préféré suivre le groupe et t'y ranger pendant si longtemps. C'est un peu facile.

— T'as raison.

Je lui prends immédiatement la main, m'en voulant de lui exposer ma rancœur à nouveau. Si je souhaite que notre amitié fonctionne, il faut que je parvienne à faire table rase du passé.

Valentine m'offre un clin d'œil complice au fond de la salle. Même si elle ne se réjouit qu'à moitié de cette relation par crainte, je sais qu'elle n'espère que mon bonheur. Ce qui n'est pas le cas de tous mes proches visiblement.

Nous sortons prendre l'air près d'un lac, non loin de l'école et surtout à l'abri des regards indiscrets.

Nous nous asseyons l'un à côté de l'autre, le soleil réchauffant nos dos respectifs et le silence comblant les mots que nous ne parvenons pas à prononcer. Je savoure ce moment agréable et ose caler ma tête sur ses genoux. Sa main vient caresser mes cheveux d'un geste tendre.

— Tu veux qu'on parle d'hier ?

Je ne sais pas si j'en ai vraiment envie, mais il faudrait pourtant que mes pensées se transforment en sons au lieu d'être enfermées à double tour dans mon esprit.

Après la lecture de la lettre, j'ai refusé tout commentaire. J'étais trop froissée par ce que je venais d'entendre pour pouvoir épiloguer dessus. Je lui ai demandé de partir et de me laisser seule avec mon père pour le dîner.

Je croyais avoir la force de le questionner à propos de cette femme, mais j'ai préféré ne rien dire. Je dois poursuivre la lecture de ces lettres jusqu'au bout avant qu'il sache que je les ai en ma possession.

Même si c'est dur et même si tout m'arrache le cœur. Je dois me faire mon propre avis avant d'avoir sa version officielle.

Les mots sont toujours gravés en moi et je pourrais les réciter comme un poème de Victor Hugo.

« Pacôme, je sais à quel point ce jour est difficile pour toi. Je lis dans tes yeux toute la haine qui t'accable, mais aussi tout le chagrin qui te dévaste bien plus encore. Tout est fini, elle est à tes côtés pour l'éternité désormais. Et je le serai également. Je n'ai plus peur de te le dire, toi, l'homme qui comblera ma vie comme tu le fais déjà si bien. L'année dernière est loin et la plénitude est proche. Bientôt nous pourrons être ensemble et plus rien ne sera comme avant. Je ne suis pas cette femme qui a abusé de ton amour. Je suis à tes côtés pour t'aider à te reconstruire, peu importe le temps qu'il te faudra. Au bureau ou à la maison. J'ai lu un jour « ceux qui ne peuvent se rappeler du passé sont condamnés à le répéter, mais ceux qui refusent d'oublier le passé sont condamnés à le revivre ». Alors je t'en prie, acquitte-toi de cette femme qui te retient toujours là où tu ne devrais plus être et plonge vite dans les bras de celle avec qui tu devrais être. *Les bras qui n'attendent que toi.* »

Je serre la main de mon ami avant de lui répondre.
— T'accepterais d'être présent à chaque lettre que j'ouvrirai désormais ?
— Je n'irai nulle part.
Nos doigts s'entremêlent et m'apportent confiance et sérénité. Moi non plus je ne voudrais être nulle part ailleurs que dans ses bras. Peut-être suis-je comme cette femme qui semblait éperdument amoureuse de mon père après tout.

Je n'arrête pas de penser à ce qui aurait pu se passer un an avant cette date pour que mon père soit dans un tel état. Je me demande aussi pour quelle raison cette femme ose parler de ma mère de la sorte. Quelque chose me donne envie de la détester et pourtant j'ai le sentiment que ses mots sont sincères.
Le dîner de ce soir m'éclairera peut-être davantage, ma grand-mère n'est pas une très bonne menteuse.

André m'ouvre la porte avec un large sourire. J'apprécie cet homme. Il a un grand cœur. Il sait comment s'y prendre avec les enfants, lui qui a déjà un petit-fils et deux petites-filles. Ma grand-mère n'a jamais été aussi épanouie que depuis qu'il est entré dans sa vie. J'aimerais pouvoir affirmer la même chose d'Hugo dans la mienne.

J'entends ma grand-mère s'exclamer à l'autre bout de la maison. Elle s'approche du salon et me serre dans ses bras.

Elle est toujours impeccablement apprêtée et ses bijoux sont parfaitement accordés à sa tenue. Je la trouve magnifique.

Elle est la seule que je pardonne de m'avoir caché la vérité. C'est son fils après tout, j'imagine que chaque mère est capable de beaucoup de choses pour son enfant.

— Je t'ai préparé un hachis parmentier, tu m'en diras des nouvelles !

— Oh ! Je n'ai jamais douté de tes talents de cuisinière mamie.

Elle me lance un grand sourire et me fait signe de m'asseoir.

La table est aussi bien dressée que dans son restaurant. La bougie parfumée à la fleur de coton fait concurrence au plat qu'elle vient de sortir du four.

Les questions fusent à toute vitesse sur ma rentrée et tout ce qui s'y apparente. André calme ma grand-mère pour me laisser respirer. Je ris en les voyant se taquiner.

Je tente enfin une approche avant le dessert.

— Tu sais si papa a rencontré d'autres femmes depuis maman ?

J'observe ma grand-mère s'étouffer avec le dernier morceau de salade mis en bouche.

— Ton père ne me dit jamais rien à ce propos. Honnêtement, je suppose que oui. Tout ce que je peux te dire c'est que je n'en ai jamais vu.

Elle est bien plus forte à ce jeu que je ne le pensais.

— Mais la question est, était-il amoureux de l'une d'entre elles ?

— Franchement Alice, je ne saisis pas où tu veux en venir.

Mon interrogatoire l'agace, elle est gênée et tente de contourner le sujet.

— Je crois que tu m'as très bien comprise. Je te demande de répondre sincèrement, c'est tout.

J'opte pour un ton plus autoritaire, peu satisfaite tout de même de la façon dont je m'y prends avec elle.

— Ne me parle pas ainsi Alice, ce n'est pas à moi de te répondre.

J'ai l'impression de la blesser et ce n'est pas de cette manière que j'envisageais cette discussion.

— J'en sais suffisamment, je crois. N'en parle pas à papa. Je lui poserai mes questions lorsque je serai prête à entendre ce qu'il a à me dire à ce propos.

Elle soupire plus calmement. Nous n'avons pas besoin d'ajouter quoi que ce soit, car nous pensons à cet instant à la même femme.

Cette femme qui semble avoir brisé le cœur de mon père une nouvelle fois, si j'en crois les larmes qui montent aux yeux de ma grand-mère avant qu'elle ne quitte brusquement la table.

— Ma puce, il y a des choses qu'il ne vaut mieux pas déterrer parfois, au risque de voir souffrir les gens qu'on aime.

La réplique d'André ne fait qu'élever l'envie d'ouvrir une autre lettre et de connaître la vérité une bonne fois pour toutes.

PACÔME

Les soirées sont calmes lorsque ma fille n'est pas présente pour les animer.

Durant ces moments où je me retrouve seul, le désir d'une femme à mes côtés s'impose à moi. Dire que je n'en rencontre jamais serait mentir. Les rides qui commencent à marquer mon visage ne font pas fuir les prétendantes, bien au contraire. Je suis régulièrement abordé au cours des excursions liées à mon travail ou lorsque je prends un verre avec des amis. Les occasions manquent rarement et ces dernières années n'ont été que la suite d'histoires sans lendemain et de sexe sans réelle passion.

Jamais je n'ai réussi à me projeter davantage avec ces femmes, toutes aussi délicieuses les unes que les autres. Je ne peux pas certifier avoir véritablement essayé non plus. Je n'en ai jamais eu l'envie. Si ce n'était pas elle alors ça n'avait aucun sens pour moi.

Au moment où j'ai accepté de prendre le risque de souffrir de nouveau, la vie s'est bien fichue de moi. Cette femme est entrée dans ma bulle, moi qui ne suis le plus à l'aise qu'avec moi-même. Elle l'a éclatée en un rien de temps, me laissant à vif et confronté à cette dure réalité.

Toutes ces femmes n'ont été que des pansements au fil du temps. À tel point que j'ai cru être réparé à force de bandages. C'était sans compter ce maudit faire-part qui est parvenu à tout arracher avec lui, y compris le peu d'estime qu'il me restait de moi.

J'en viens à regretter de l'avoir rencontrée, parce qu'au-delà de l'être fantastique qu'elle forme, ce n'est pas seulement elle qui me manque, c'est notre relation tout entière. Plus jamais je ne ressentirai une pareille ivresse aux côtés de quelqu'un. Avec elle, je ne craignais pas d'être moi-même. Elle acceptait tous mes travers, même les plus sombres. Non seulement elle faisait de moi un homme bon, mais elle faisait de moi un homme compris. La vie n'offre pas ce cadeau tous les jours. Pour moi, l'amour, celui qu'on peut potentiellement ne vivre qu'une seule fois, se résume en une telle clairvoyance en l'autre que l'on devient transparent à ses côtés.

J'éteins la radio qui m'écoute parler à voix basse plutôt que le contraire, et cherche les lettres qui me procureront quelques minutes de plaisir pour des heures d'abattement. Aussi fou que cela soit, j'opte pour ce petit bonheur éphémère. L'humain est terrible dans ses choix. Il préfère se faire plus de mal que de bien pour avoir des raisons de se plaindre.
J'étends le morceau de papier blanc, soigneusement plié en quatre et serre la mâchoire inférieure avant de commencer cette amère lecture.

« J'avais rêvé de cette soirée depuis longtemps. Elle était bien plus merveilleuse que tous les scénarios préparés dans ma tête. Je pense à ces interminables semaines qui n'ont fait que grandir le besoin d'être à toi. Ce dîner était savoureux lui aussi. Même si je dois t'avouer que l'envie de tirer sauvagement la nappe et tout ce qui était maintenu au-dessus était présente tout du long. J'ai attendu le goût de tes lèvres avec délice, ma langue léchant sensuellement les miennes au cours du repas. Lorsque tu t'es levé pour me faire virevolter, les battements de mon cœur faisaient des bonds de géant. Tes mains ont entouré ma taille, me serrant tout près de toi. À cet instant, je n'aurais voulu être nulle part ailleurs. Tout ce qui m'importait c'étaient ces yeux d'une réelle profondeur qui me mettaient à nue en une fraction de seconde. Nous tournions ensemble et je pouvais sentir les vibrations parcourir nos deux corps unis par cette danse. Nos visages n'étant plus qu'à quelques centimètres, la nécessité de t'embrasser a pris le dessus, écrasant ainsi ma bouche sur la tienne pour ne plus la quitter de la nuit. Mes jambes encerclant finalement tes hanches, toi qui marchais en direction de la chambre. Je peux encore sentir tes mains sur mes fesses jusqu'à ce que tu me déposes délicatement sur le lit. Je vois les miennes se promener le long de ton corps, ôtant ta chemise puis ton pantalon pour mieux savourer ton érection contre moi. Je ne pouvais plus quitter ni ces yeux, ni ces lèvres, ni ce corps chaud étendu sur le mien. Je pense à tes doigts qui glissaient vers le bas de mon ventre et à tes dents qui mordillaient les mamelons de mes seins. Nos respirations s'accéléraient face à la tension qui grimpait d'un niveau à chaque parcelle de nos chairs explorée. J'ai la sensation que tes doigts dansent encore en moi au moment où je t'écris, tout l'intérieur est tiédi de tes membres. Je ne parle pas du moment où tu m'as pénétrée d'une simplicité déconcertante lorsque je m'embrasais de désir depuis déjà plusieurs minutes. J'étais prête pour toi, prête depuis si longtemps. Je n'attendais que tes à-coups enivrants. Nous ne faisions plus qu'un et je pouvais sentir ton pénis entrer dans mon vagin avec force et plaisir. Mes ongles s'enfonçaient dans ta peau, tes dents dévoraient mon cou. Au moment où la luxure était à son apogée, mes jouissements t'ont déclenché une douce éjaculation qui s'est glissée au plus profond de moi. Mais la partie la plus savoureuse encore était de pouvoir poser ma tête contre ton torse, cette peau délicate contre la mienne jusqu'au petit matin. M'endormir dans tes bras a su apaiser toutes ces nuits douloureuses passées loin de toi. *Celle qui tire toute la couette pour admirer le corps nu qui s'y cache.* »

L'envie d'être en elle grimpe au fur et à mesure de la lecture avant d'être totalement éteinte par ses dernières paroles. Ne laissant place qu'aux regrets et aux larmes.

Un moment de bonheur pour tant de souffrance.

J'attendais ses lettres enflammées avec impatience chaque semaine. Sophia parvenait à me faire revivre de manière plus intense chacun de nos ébats, rendant à la fois le découpage de chaque geste plus profond et les sentiments plus abondants.

Non seulement je me suis épris de son corps qui me rendait fou, mais aussi de sa plume qui éveillait l'éternel romantique en moi.

ALICE

Je rentre à la maison, espérant trouver mon père dans le salon, un verre de rouge à la main et la radio en fond sonore, mais il n'en est rien. Toutes les lumières sont éteintes et je me doute qu'il est déjà en train de dormir paisiblement dans sa chambre.

Je m'approche du couloir avec des petits pas de souris qui se souhaitent silencieux. J'entends des reniflements qui me déchirent le cœur. Cela faisait des années que je n'avais pas écouté mon père pleurer.

Je m'en veux immédiatement, persuadée d'en être la cause. J'hésite un instant, ma main est prête à frapper pour demander la permission d'entrer, mais je tourne les talons et file dans ma chambre. Je suis terrifiée par ce qu'il pourrait m'avouer, alors la fuite me semble le meilleur compromis.

Je regarde les messages reçus sur mon téléphone et pousse un soupir de soulagement de voir qu'aucune autre mauvaise nouvelle ne s'est ajoutée à cette journée.

La soirée a été très vite écourtée. Ma grand-mère est revenue à table sans un mot et plus personne n'a osé parler pour le reste du dessert.

En préparant mon sac pour le lendemain, j'y glisse une lettre que je lirai aux côtés d'Hugo. Sa présence diminue l'anxiété qui m'envahit avant chaque morceau que je déplie, par crainte de déchiffrer des choses que je ne veux pas entendre.

Je m'endors, rêvassant une partie de la nuit de cette inconnue. Je l'imagine avec mon père, le quittant parce qu'il a un enfant et que cette situation ne lui convient pas. L'autre moitié est consacrée à ma mère. Je fais toujours le même cauchemar depuis toute petite. Je la vois avec un homme. Ils ont l'air ailleurs et ne se préoccupent pas de mes hurlements. Je viens de m'entailler le doigt avec un couteau en voulant jouer la cuisinière. Ma mère n'intervient pas et je me réveille à chaque fois en sursaut au moment où cet homme enfonce une seringue dans son bras.

J'allume la lampe de chevet, les cheveux dégoulinant de sueur. J'entends des pas empressés dans le couloir. Mon père frappe à la porte et se précipite à mes côtés.

— Tout va bien Alice ?

— Toujours ce même cauchemar de maman… Ça faisait si longtemps qu'il ne s'était pas manifesté pour venir brouiller les rares souvenirs que j'ai d'elle.

— Ce n'est rien qu'un mauvais rêve…

J'acquiesce, perplexe. Il me prend les poignets et je peux apercevoir le majeur de ma main gauche avec cette cicatrice qui couvre l'entièreté des deux premières phalanges.

Inconsciemment, je sais que la scène que je revis, les nuits où l'anxiété tend à gagner du terrain, est réelle. Cependant, mon cerveau n'est pas encore prêt à me laisser affronter ce douloureux épisode. Je préfère croire qu'il l'invente de toutes pièces, quitte à alimenter des réminiscences mensongères. Tant que cela évite des désillusions qui me blesseraient horriblement.

Mon père a fini par s'endormir à mes côtés pour les trois heures restantes, avant que le réveil ne nous sorte brusquement de notre sommeil. Il passait souvent ses nuits à me consoler lorsque ces cauchemars me réveillaient. Pendant une longue période, je ne pouvais pas me coucher s'il n'était pas là. Il avait alors installé un matelas à côté de mon lit en me disant qu'au besoin ce serait ici qu'il dormirait. La simple présence de ce matelas a suffi à calmer mes angoisses. Mes cauchemars ont diminué au fil des années, laissant mon père sommeiller tranquillement dans sa chambre et mes nuits devenir plus paisibles.

Mon père se lève d'un bond, prêt à attaquer cette nouvelle journée de bonne humeur. Je l'entends chantonner dans la cuisine. Il m'en ferait presque oublier ses pleurs de la veille. Je sais reconnaître lorsqu'il en rajoute des tonnes. Il va mal, mais c'est sa façon à lui d'omettre tous ses déboires.

En croquant mes céréales, je pense au week-end qui m'attend. La semaine a été éprouvante, je suis soulagée que nous soyons déjà vendredi. Mon père part demain matin pour un séminaire. Il me laisse dormir chez Valentine le soir, à condition que j'étudie l'après-midi avec Gabriel et Marie. Il ne plaisante jamais avec ça, même si je lui ai expliqué que nous n'avions encore rien travaillé de particulier en cette première semaine. Je suppose que ça le rassure de me savoir chez eux, d'autant plus en cette période difficile.

Une de nos chansons préférées passe à la radio lorsqu'il me dépose au lycée. Nous nous exclamons à tue-tête, partageant un moment agréable comme nous avions perdu l'habitude ces derniers mois. C'est avec le sourire aux lèvres que je sors de la voiture. Avant de fermer la portière à toute allure, je m'adresse à lui.

— On pourrait aller au cinéma ce soir tous les deux ?

Son rictus est parlant et son hochement de tête ne se fait pas attendre longtemps. Je lui souhaite une bonne journée avant de poser mon sac à dos sur l'épaule et de prendre la direction de l'entrée du lycée.

Je suis satisfaite de ce petit échange entre nous qui annonce une certaine accalmie. Jusqu'à la prochaine lettre.

Hugo m'aperçoit au loin et me rejoint plus vite encore que ma meilleure amie. Au moment où il embrasse ma joue, je la vois opérer un demi-tour. Je l'appelle et lui fais signe de venir, Hugo la salue poliment et regagne son groupe d'amis.

— Fais attention à toi, Alice.

J'observe la peur dans le regard de mon amie. Ses yeux sont baissés, s'inclinant vers le bitume délabré de la cour. Elle réfléchit à la façon dont elle pourrait m'annoncer les choses le moins brutalement possible.

— Personne ne comprend ton élan soudain à le pardonner. Le fait que vous traîniez ensemble étonne et fait polémique, tu sais bien.

— Allez, dis-moi ce que tu as entendu.

Je peux déjà sentir le rouge monter à mes joues. Je suis en colère que ces gens s'occupent de ma vie mieux que je ne le fasse.

— Seulement qu'il se moque de toi. C'est ce que racontent ses copains. Il veut tirer un coup et se barrer de nouveau.

Je ne peux lui répondre, bien trop écœurée. La nausée me prend tout à coup et je me précipite aux toilettes.

C'est la goutte de trop. J'ai été capable de supporter tout un tas de méchancetés mal placées, de jugements infondés et de mensonges à répétition depuis quelques jours, mais savoir que le garçon que j'aime encore éperdument se joue de moi, au moment où j'ai le plus besoin de lui, pousse immédiatement le petit-déjeuner, ingurgité une heure plus tôt, vers la sortie buccale.

J'entends la voix d'Hugo qui s'inquiète de mon état, à l'autre bout du couloir. Il vient tambouriner à mes toilettes avant que des filles ne lui demandent expressément de partir, sa place n'étant pas dans les WC féminins.

C'est au tour de Valentine de lui régler son compte. Je les écoute se parler de manière franche avant que l'un d'eux ne capitule.

— Mais je l'aime putain ! C'est si dur à croire pour toi qui es son amie depuis toutes ces années ? Tu dois bien savoir à quel point elle est géniale, non ?

Je serais prête à boire ses paroles si je ne me méfiais pas de tout. J'ouvre la porte, me rince le visage à l'eau claire et passe entre les deux sans m'arrêter. Je prends la direction de la salle de cours.

Cette journée, qui démarrait pourtant bien, ne fera que conclure cette semaine que je ne peux qualifier autrement que de merdique.

Valentine me retrouve au moment du repas du midi. L'ambiance est tendue.

— Peut-être que je me trompe, Alice, je voulais simplement me comporter en véritable amie et te rapporter ce que j'avais entendu. Tu n'en feras qu'à ta tête de toute façon et j'espère de tout cœur que ce garçon t'aime autant qu'il le prétend, c'est tout.

— J'suis désolée si tu penses que je suis fâchée contre toi. C'est pas le cas. Je ne te remercierai jamais assez de ton honnêteté de toujours qui m'a sauvé la mise bien des fois. C'est contre moi que je le suis. Parce que l'aimer me fait peur et savoir qu'il a le pouvoir de m'anéantir est terrifiant. Mais tu sais ce qui l'est encore plus ?

Mon amie ne semble pas comprendre où je veux venir.

— Savoir qu'il est possible que lui aussi m'aime.

Lorsque je m'apprête à monter dans le bus, je sens la main d'Hugo prendre la mienne.

— Viens dormir chez moi demain soir. Ma mère est d'astreinte et le tien est absent, je crois.

C'est ce que je disais. L'amour des autres me terrifie.

PACÔME

— Tu crois qu'il y aura des avions de chasse ce week-end ?

Thomas me lance une tape sur l'épaule, l'air amusé. Sa compagne l'observe avec des éclairs dans les yeux, prête à lui jeter la foudre au moindre écart.

— J'y compte bien, mon corps s'affaiblit.

Nous éclatons de rire, il saisit immédiatement le sous-entendu. Ce sont dans ces moments que nous savons qu'ils sont nos amis, lorsque les mots n'ont plus besoin d'être prononcés pour être compris.

— Vous me dégoûtez.

Joséphine fait la moue et s'en va. C'est sans compter la rapidité de mon ami qui l'attrape par la taille et la plaque contre son torse. Ils sont déjà trop loin pour que je puisse entendre leurs paroles, mais les gestes tendres qu'ils s'échangent suffisent à m'en mettre plein la vue. Ils sont beaux de s'aimer.

Je m'égare soudainement dans mes pensées, m'imaginant de nouveau courir après Sophia après un dîner raté.

La serveuse du restaurant m'avait dévisagé toute la soirée, tantôt effleurant ma main en apportant l'assiette, tantôt laissant un clin d'œil s'échapper en partant. De mon côté, j'observais Sophia qui fulminait de minute en minute.

Le bouquet final n'est arrivé qu'au moment du paiement lorsque la serveuse a osé annoter son numéro sur le ticket de carte bancaire.

Je jure n'avoir jamais vu ni pareille audace de la part d'une jeune femme ni pareille bourrasque de la part de ma compagne. Elle avait fait un scandale, créant un silence embarrassant dans tout le restaurant. Certains clients riaient, d'autres semblaient mal à l'aise ou feignaient ne pas s'intéresser à la situation.

Sophia a quitté la pièce, le rouge aux joues. J'ai salué le patron d'un air gêné et ai rejoint la jalouse enragée.

— Et tu te laisses faire en plus ?

— Je n'allais pas la juger devant tout le monde. Puis il faut avouer que te voir dans cet état m'excite un peu.

Elle m'a tiré la langue comme une enfant de cinq ans et est partie en direction de la voiture. Je l'ai retenue par la taille, serrant son corps contre le mien. Nos visages n'étaient plus qu'à quelques centimètres, nos respirations s'interrompant et la tension augmentant crescendo. J'ai dégagé une mèche derrière son oreille et ai posé délicatement ma main sur sa joue avant de l'embrasser avec force et passion. Nos langues s'enroulaient parfaitement et nous aurions presque oublié que nous étions sur un ridicule parking de supermarché s'il n'y avait pas eu un coup de klaxon suivi d'une insulte.

— Y'a des hôtels pour ça, je voudrais reculer ma caisse !

Ni une ni deux, nous avions sorti nos majeurs en symphonie et étions rentrés dans la voiture, prêts à nous rendre chez elle et à nous adonner à des caresses lubriques toute la nuit.

Un quart d'heure plus tard, la jalousie avait eu raison de Sophia. Elle me chevauchait avec ardeur, me prouvant que je n'avais besoin de personne d'autre qu'elle dans ma vie. L'éjaculation qui s'ensuivait en était ma réponse. J'ai juré la mettre dans cet état plus souvent.

— On se rejoint directement à la gare demain midi, chef ?

Quelques secondes me sont nécessaires avant d'intégrer que mon ami s'adresse à moi. Mes pensées sont douloureusement interrompues par la réalité, une nouvelle fois.

Me voyant songeur, Thomas répète sa question. J'acquiesce finalement.

— Ne rêve pas trop des seins que tu vas toucher ce week-end, sois en forme !

Joséphine lui lance une petite tape dans le dos et ils s'en vont, main dans la main. Je les envie à ce moment de pouvoir vivre une relation sereine.

Je me ressaisis rapidement. Je pense que le besoin de chaos est sûrement plus important dans ma vie que la plénitude.

Je retrouve ma fille quelques heures plus tard, devant le cinéma.

— Papa, s'il te plaît !

J'observe les traits enfantins que ma fille tente de se saisir, la lèvre inférieure baissée vers le menton en guise de supplication. Elle sait à quel point les films sentimentaux m'horripilent. Au-delà d'être ridicules, ils sont tellement prévisibles. Ils finissent toujours bien. La femme et l'homme repartent ensemble, dans un amour indestructible, après avoir passé les étapes de la tromperie, de la maladie, de la mort… Tout le monde est au courant que la vraie vie est bien différente et, pourtant, tous les fans de fictions à l'eau de rose s'acharnent à espérer que leur tour viendra.

J'accepte, peu convaincu du synopsis, mais persuadé par les yeux de ma fille. Je suis un père faible, je l'avoue sans aucune honte.

Sophia était une adepte de ce genre de films. Je ne compte plus le nombre d'entre eux que nous avons regardés ensemble. La seule chose qui me faisait frémir, c'était le bonheur sur ses lèvres lorsque les deux amants pouvaient finalement s'aimer en paix. C'est ce qu'elle désirait plus que tout pour nous. Et moi aussi.

Le film n'a donc, encore une nouvelle fois, rien changé à mon existence. Il s'agissait d'un homme qui, à force de délaisser sa femme, s'est réveillé un matin dans une vie parallèle. Cette dernière était devenue une artiste de renom et ne se souvenait plus de lui. Il cherchait par tous les moyens à la reconquérir. Elle qu'il avait tant aimée, mais oublié de le lui rappeler pendant toutes ces années.

Je retiens seulement que la fin n'était pas si attendue. Le protagoniste laisse filer son grand amour, persuadé qu'elle est désormais bien plus heureuse sans lui.

Peut-être que c'est ce que j'ai fait moi aussi.

Alice est déçue du dénouement. C'est une vraie romantique. Je suis bien chanceux qu'elle n'ait pas hérité du côté profiteur de sa mère.

Nous rentrons à la maison sans un bruit. Nous pourrions presque imaginer que nous tentons d'entrer par effraction dans notre propre demeure.

Alice est tracassée. Elle a des questions à me poser, mais je repousse toujours plus loin le moment où je devrai être honnête. Cela la brisera, mais il faudra bien qu'un jour je le fasse.

— Tu crois qu'il est possible de pardonner aux gens qu'on aime ?

Son interrogation me prend de court. Je ne sais pas si elle fait référence à sa mère, mais je pense tout de suite à elle.

— Quand l'amour est fort, le pardon est plus difficile encore à accorder, mais la rancune n'est rien comparée aux sentiments. On aura beau détester quelqu'un du plus profond de nous, si nous l'avons aimé, nous pardonnerons malgré nous. Tout ce qu'il restera, ce seront des cicatrices, c'est tout.

Je souhaiterais parfois que la haine soit plus intense que les souvenirs, mais lorsque je pense à elle, je ne vois que mon premier amour et la mère de ma fille. Si j'y pense un peu trop, j'ai seulement mal.

ALICE

Les mots de mon père ont résonné en moi une bonne partie de la nuit.

Je lui demandais son avis pour me conforter dans le pardon que j'octroie à Hugo. Je ne me doutais pas qu'il serait aussi sensible. J'ai compris le double sens émis dans sa réponse. J'ignore s'il essayait de se convaincre ou de me préparer à quelque chose, mais je suis certaine qu'il ne s'improvisait pas philosophe sans un minimum de vécu.

Mon père me réveille brusquement à dix heures, me demandant de m'habiller pour aller chez Gabi et Marie. J'ai hâte de pouvoir discuter avec Marie des premières lettres, mais j'espère pouvoir échapper à cette journée au plus vite pour retrouver celui qui me fait réellement vibrer.

— Passe un bon week-end papa, n'oublie pas de réclamer des autographes si tu aperçois des stars !

— Alice, je t'ai déjà dit, c'est juste un séminaire entre agences de presse, pas une soirée entre vedettes !

— T'es pas connu toi ?

Je ris en voyant sa tête se décomposer. Cela me fait du bien de le taquiner un peu. Peut-être qu'il n'est pas célèbre, mais moi j'admire son travail. Si je veux écrire, c'est uniquement grâce à lui.

J'embrasse sa joue avant d'emprunter l'allée de Gabi et Marie. Il klaxonne fièrement et s'en va.

Je n'ai même pas le temps d'appuyer sur la sonnette que Louise ouvre la porte. Elle me saute dans les bras et j'en profite pour la chatouiller.

— Salut ma puce ! Papa n'est pas descendu ?
— Non, il était déjà en retard pour son train.

Marie n'est pas très surprise, la ponctualité chez mon père est un défaut qui remonte à loin.

Ce samedi est exclusivement féminin. Gabi est au travail toute la journée, exceptionnellement.

Nous préparons à manger pour le midi et passons le reste du temps à faire des parties de jeux de société avant de nous atteler à la confection de gaufres pour le goûter.

Louise saute de joie depuis tout à l'heure, je vois bien que le pot de pâte à tartiner lui fait de l'œil. Cette petite me fait rire.

Marie a évité d'évoquer mon père toute la journée.

— Je me suis disputée avec ma grand-mère l'autre soir.

Elle me regarde avec étonnement, pas sûre de comprendre réellement où je veux en venir, et m'invite à poursuivre.

— Je voulais savoir si papa avait eu une femme dans sa vie après ma mère. Maintenant que les lettres sont claires, je pense que ma grand-mère continue de mentir pour le protéger, mais je crois que ce n'est plus utile.

— Tu les as toutes lues ?

Je fais un signe de tête horizontal.

— Les premières sont suffisamment transparentes. S'il les a gardées, je suppose que cette femme a compté pour lui. Je n'arrive pas à me souvenir si je l'ai croisée. Tu la connais ?

Marie réfléchit un instant, ne voulant pas me répondre sous la contrainte, au risque d'en dire trop. J'espère seulement qu'elle osera m'en parler plus que ma grand-mère n'en a été capable.

— Oui.

Je reste bouche bée. Même si je me doutais que c'était le cas, je ne m'attendais pas à ce qu'elle le confesse. Elle détourne le regard avec honte, ses yeux sont humides. Je saisis alors que la douleur n'est pas présente que pour mon père.

— Pourquoi personne ne m'en a jamais parlé ?

— Poursuis ta lecture Alice, tu comprendras sûrement mieux.

Je me mets à rire nerveusement.

— Ah parce que maintenant tu me pousses à continuer. Faudrait savoir.

La dernière fois, elle me suppliait de ne pas le faire, j'ai du mal à expliquer pourquoi tout le monde autour de moi semble si tiraillé.

Marie hausse davantage le ton cette fois.

— Parle-moi autrement, Alice. Je pensais seulement que lire ces lettres pouvait t'être bénéfique, mais en voyant ton père souffrir autant, je me suis ravisée. C'est tout. Maintenant que tu n'en as fait qu'à ta tête, va au bout des choses.

J'ignore pourquoi j'en veux à la terre entière. J'aimerais ne pas être aussi impulsive, mais, encore une fois, les mots sortent plus vite que je ne le souhaiterais.

— Peut-être que c'était toi qui te tapais mon père ! Peut-être que Louise est ma sœur tant qu'à faire !

Marie est furieuse, mais ce n'est rien comparé à la tornade Gabi qui menace de s'abattre sur moi au moment où j'entends ses pas dans le vestibule. Je regrette déjà d'avoir prononcé à voix haute des absurdités pareilles.

Gabi s'approche de sa fille, embrasse son front et lui chuchote à l'oreille d'aller s'amuser dans sa chambre. Ce qui ne présage rien de bon pour moi.

Il dépose un baiser sur les lèvres de sa femme avant de me scruter. Il cherche un instant ses mots, bien moins irréfléchi que moi.

— Tu veux jouer à la maligne, Alice ? Tu crois que, parce que tu souffres de l'absence de ta mère, tu as le droit de parler à Marie de la sorte ? Après tout ce qu'elle fait pour toi, sérieusement ?

Je sens les larmes monter immédiatement. Je n'ai jamais envisagé d'en arriver là. Je bredouille des excuses avant que Marie ne prenne finalement ma défense.

— Gabi, c'est ma faute.

Son mari la regarde avec curiosité.

— De quoi tu parles ?

— Elle sait pour les lettres.

Gabi voit bien plus rouge encore. Je le vois effectuer des allers-retours dans le salon, sa nervosité le contrôlant tout à coup.

— J'imagine que tu ne les as pas toutes lues, Alice, sinon tu ne dirais pas des bêtises pareilles.

Entre deux crises de larmes, je fais non de la tête. Il revient vers moi, se calmant petit à petit avant de se tourner vers sa femme.

— Il est au courant ?

— Non, et je ne veux pas qu'il le soit avant de les avoir terminées. S'il te plaît Gabi, ne lui dis pas…

Je réponds en le suppliant. Marie appuie ma requête.

— Elle va avoir dix-sept ans, elle a le droit de savoir.

— Vous me faites chier. Je n'ai rien entendu, ok ?

Marie me serre dans ses bras dans un moment complice.

— Je suis désolée, je n'aurais jamais dû dire ça.

— Elle s'appelle Sophia.

Ma gorge se noue à l'évocation de ce nom. Je plonge alors dans mes souvenirs les plus profonds.

— Ma puce, je te présente Sophia, ma directrice et amie.

Je la revois me sourire et embrasser tendrement ma joue. Cette fois, j'en suis sûre, je l'ai déjà rencontrée.

PACÔME

Le trajet n'a pas été long. Nous arrivons aux alentours de midi au sein de la capitale. Les formations ne débutent qu'à treize heures trente, alors nous décidons de manger un encas le long de la Seine.

— Ça se passe mieux avec ta fille ?

Je cherche quoi dire entre deux crocs dans mon kebab.

— J'ai l'impression. Elle me confronte moins souvent, mais elle ne cesse de me poser des questions.

— De quel genre ?

— Je ne sais pas… Je me demande si ses souvenirs lui reviennent depuis que je lui ai annoncé que je n'étais pas son père. Peut-être que ça en a réveillé en elle, en plus de soulever une montagne d'interrogations.

Thomas observe le bateau-mouche passer en faisant la moue.

— Peut-être que ce serait plus simple pour toi de lui dire la vérité sur sa mère, non ?

Je hausse les épaules, perplexe. La poupe est loin sur la rive désormais.

Nous nous rendons finalement au séminaire. L'endroit sélectionné cette année est gigantesque, des centaines de personnes y sont déjà présentes. J'ai l'impression que les directeurs d'agence ne sont pas venus seuls.

Une femme nous fait signe à l'entrée avant de nous indiquer la salle de réunion où nous devons aller.

Nous n'avons pas eu le choix du thème de la conférence, je ne sais même pas lequel a été retenu pour nous. Joséphine s'est chargée de le réserver.

Les trois-quarts de la salle sont remplis d'individus, tous déjà assis confortablement.

Nous prenons part au fond de la pièce, comme deux cancres prêts à se moquer du présentateur.

Un homme plutôt connu dans le monde du journalisme finit par entrer et se munir du micro.

Lorsque je l'entends prononcer ses premiers mots, je sais d'ores et déjà que les deux prochaines heures seront longues.

— Bienvenue à toutes et à tous. La conférence que je vais vous proposer porte sur la gestion d'une équipe.

Merci, Joséphine, j'ai compris le clin d'œil. Mais non, tu n'auras pas de pains au chocolat tous les matins à la pause-café.

J'ai été mauvaise langue, je dois avouer qu'il a réussi à captiver mon attention les trente premières minutes avant que Thomas ne fasse la réflexion que je n'osais pas formuler depuis le début.

— Tu crois que ses sourcils sont siamois ?

J'éclate de rire. Toute la salle se tourne vers moi. L'intervenant s'interrompt. J'ai honte de mon comportement, mais je ne parviens plus à m'arrêter. Je décide de prendre l'air cinq minutes pour aller fumer une cigarette. J'entends une pluie de critiques lorsque je me lève, la mondanité semble choquée. Pardon d'être si banal.

Je descends l'escalier jusque dans le hall où j'aperçois une vieille connaissance, un de mes collègues du temps où je travaillais à Paris, en début de carrière.

— Pacôme ! Ça alors, comment tu vas mon pote ?

Je lui donne une accolade, heureux de le croiser à ce séminaire. En fin de compte, ce week-end ne sera peut-être pas si laborieux.

— Ça me fait plaisir de te voir ici ! Tu bosses toujours à Paris ?

— Ouais, je suis monté en grade un peu. Je suis rédacteur en chef maintenant.

Je reste bouche bée, lui qui disait sans cesse que sa carrière n'était pas dans le journalisme. Il a finalement dû y prendre goût au fil des années.

— Et toi ? Raconte ?

— Je travaille en province dans une modeste agence de presse. Tu as sous tes yeux le directeur !

Il me félicite. Il a l'air bien plus surpris que moi encore.

— Tu as arrêté d'être père au foyer alors ? Quel âge a la petite maintenant ?

Je pense à toutes ces années de galère où je m'occupais quotidiennement d'Alice, après avoir démissionné d'un job que j'aimais sincèrement.

— Seize ans déjà.

— Comment va ta compagne ?

La nausée me prend lorsqu'il parle de Chloé. Je coupe court. Ma réponse est succincte.

— Elle est décédée il y a une dizaine d'années.

Mon ami semble gêné. Je jure que la meilleure façon d'éviter les interrogations, c'est une vérité franche et froide. Il se contente d'être désolé, ne cherchant pas à en savoir plus sur les circonstances de sa mort.

— T'es à quelle conférence toi ?

— Celle sur la gestion des équipes. C'est un peu ennuyeux.

— Ah, en effet. Je ne m'étais pas inscrit pour la première, peut-être qu'on se retrouvera pour la seconde. On se voit à la soirée de toute façon.

Il me salue poliment et gagne la sortie. Je range mon paquet de cigarettes, me ravisant finalement, et rejoins la salle de conférence en silence.

Personne ne semble prêter attention à mon retour. Je fais profil bas jusqu'au dernier mot du présentateur.

Nous sortons en direction de la deuxième, déjà éreintés par la première. J'aurais dû demander à Joséphine de ne nous inscrire qu'à une seule.

La salle est plus charmante que la précédente, sombre et colorée à la fois par les nombreuses toiles qui jonchent les murs. Je les observe avec curiosité, attendant l'intervention du prochain journaliste.

Je me concentre sur la petite fille du tableau. Elle me fait penser à la mienne lorsqu'elle était un peu plus jeune. Je souris bêtement.

Mon sourire est de courte durée lorsque j'entends la voix au micro. Ce timbre que je ne saurais oublier un jour et que je pourrais reconnaître parmi des milliers. Cette douceur dans les mots. Cette sensualité dans la vibration. Cet amour qui jaillit de tout mon être.

Je n'ai pas besoin de tourner la tête que je sais déjà que c'est elle.

Je reste paralysé, les yeux orientés vers ce tableau et le cœur palpitant à l'écoute de cette voix.

Thomas me serre le bras et je comprends, à cet instant, que c'est bien elle.

J'incline ma tête vers la gauche accordant à mes yeux de se poser sur cette femme. Elle est différente de mes souvenirs. Elle a une couleur plus vive dans les cheveux, un visage davantage marqué et quelques rides d'expression en plus, mais il y a toujours ce sourire et cette intensité lorsque nos yeux ne sont plus capables de se quitter.

ALICE

Le mensonge est vilain, mais il devient excitant lorsqu'il s'agit de retrouver son amant.

Marie m'a déposée chez Valentine tout à l'heure comme il en avait été convenu avec mon père.

Je suis à table avec ses parents, les lasagnes végétariennes sont un véritable régal. Je les écoute parler du baccalauréat avec leur fille. Je réponds brièvement lorsqu'ils s'adressent à moi. Mes pensées sont déjà dans les bras d'Hugo.

Avec Valentine, nous avons préparé un plan infaillible pour ce soir. Je sais pertinemment que mon père n'aurait jamais accepté que je dorme chez lui. Il veut bien que je le voie, mais il n'est pas encore prêt à admettre que je ne suis plus vierge. Les parents sont naïfs pour penser que le sexe n'a lieu que la nuit. Comme si c'était le cas pour eux d'ailleurs.

Au moment où ses parents iront se coucher, je n'aurai qu'à sortir discrètement par la porte qui donne sur le jardin et nous nous retrouverons toutes les deux, Valentine et moi, à la boulangerie le lendemain matin. Chez les Le Goff, chaque dimanche, un membre de la famille se charge de ramener le petit-déjeuner pour tout le monde. C'est au tour de Valentine demain, alors nous reviendrons ensemble, les bras remplis de viennoiseries. Personne ne se rendra compte que je n'ai pas passé la nuit ici.

Je reçois un message d'Hugo vers vingt-trois heures, me disant qu'il est en bas. J'enlace Valentine pour la remercier et me dirige vers la porte.

— Fais attention à toi, ma belle, j'espère de tout cœur qu'il est sincère.

Je lui fais un clin d'œil pour la rassurer, les mains tremblant déjà de désir de le retrouver.

J'aperçois son ombre derrière le portillon, une cigarette à la bouche.

— Je croyais que t'avais arrêté de fumer ?

Il réalise un demi-tour sur lui-même et dépose un baiser sur mon front pour me saluer. La chemise qu'il porte lui sied à merveille et son jean laisse deviner de jolies fesses musclées, ce que je présume bien avant même de l'avoir observé de dos.

— Tout dépend des occasions.
— C'en est une ?
— Si on considère que l'angoisse me paralyse lorsque je suis à tes côtés, je crois alors que oui.

Sa remarque fait vibrer tout mon corps. Savoir que notre présence est capable de modifier le comportement de quelqu'un, c'est puissant.

Le trajet est court, nous parlons seulement de notre journée. Je n'ose pas évoquer la dispute qui a éclaté un peu plus tôt dans l'après-midi et dont je me sens encore coupable.

Hugo ouvre la porte d'entrée de sa maison avec précaution, comme s'il craignait de réveiller quelqu'un ou de surprendre des cambrioleurs. Il me fait signe de le suivre discrètement. Nous traversons le salon à petits pas et gagnons sa chambre. Cette chambre que je ne pourrais oublier. La même où j'y ai laissé ma virginité.

— Désolé, je ne t'ai pas prévenue que ma mère était finalement là ce soir. Elle est malade, je crois.

Je devine, à son visage qui se ferme, que c'est loin d'être la vérité. Je préfère ne pas lui en demander davantage. Il ne s'agit sans doute pas d'un sujet qu'il a réellement envie d'aborder ce soir. Je me contente de caresser sa main et de m'asseoir sur le lit.

Nous restons un moment à nous observer avant que l'un de nous ne décide d'aligner quelques mots.

— T'es si belle !

Le rouge me monte rapidement aux joues, ses compliments me déstabilisent toujours autant. Ses lèvres tremblent et son regard se pose sur les miennes. Il meurt d'envie de m'embrasser, mais je préfère esquiver ce moment, le repoussant sans cesse plus loin. Je ne saurais dire si c'est la peur qui m'en empêche ou le désir qui me manque. Peut-être que le mélange des deux s'appelle l'incertitude.

Je me relève lorsque je sens son buste se pencher vers l'avant.

— J'ai apporté une lettre, tu veux bien qu'on la lise ensemble ? Je ne pourrai pas le faire sans toi.

Il acquiesce, la confiance rehaussée par la nécessité dans mon dernier propos.

Je déplie cette nouvelle partie de l'histoire de mon père qui, je l'espère, saura répondre à celle qui manque à ma vie. Hugo m'attend sur son lit, les épaules adossées au mur.

« Cette manie que tu as de repousser les gens que tu aimes est violente. Tu sais que je ferais n'importe quoi pour faire exclusivement partie de ta vie, mais je ne suis pas prête à le faire si elle partage encore la tienne. Tu devras faire un choix, soit c'est elle soit c'est moi. »

Je fais voler la lettre à l'autre bout de la pièce, ne pouvant plus en lire davantage. Les premières lignes sont trop dures, je suis décontenancée par le vice de cette femme. Je ne comprends pas de quel droit elle se permet d'imposer à mon père ce genre de dilemme. J'ose espérer qu'elle n'était pas aussi idiote pour penser qu'il la choisirait à moi.
Hugo me serre l'avant-bras pour me rassurer.
— Tu ne sais même pas de quoi parle cette femme.
Il retourne la lettre et poursuit la lecture malgré mes supplications.

« Je t'en prie, cesse de vivre dans un passé qui t'a bien trop longtemps aliéné. Parfois, je me demande ce que cette femme a fait pour que tu continues à l'aimer avec autant de force. Puis je pense à ce petit bout de vous qui sourit quand tu parles, qui rit aux éclats à chaque chatouille, qui pleure lorsque son papa est absent et qui grandit si vite. Et je réalise. Du moins j'essaie et je souhaite ne jamais avoir à comprendre pleinement un jour. J'apprécie tellement cette petite et à la fois je regrette que ce soit cette boule d'amour qui t'empêche d'avancer avec moi. Car, je le sais, dès que tu la regardes, c'est sa mère que tu vois. Mais jure-moi que la prochaine fois que tu poseras les yeux sur ta fille tu y apercevras aussi toute la douleur qu'elle vous a infligée. Je suis au fait que l'humain enfouit vite les éléments qui l'ont blessé pour ne garder que l'amour dans tout ce désordre, mais tu dois la haïr plus fort encore. Dans ces petites pupilles innocentes, regarde les mois de souffrance privée de son père et les choses atroces observées du haut de ses quatre ans. Elle vous a volé du temps précieux et vous a changés à tout jamais. Pacôme, je ne suis pas cette femme. Je réitère alors mon propos. Soit c'est celle qui a brisé une partie de ta vie soit c'est moi, celle que tu aimes trop pour le lui dire par crainte qu'elle soit capable de briser l'autre partie à son tour. *La meilleure version de toi, si tu l'acceptes.* »

Je ne m'étais pas rendu compte que les larmes coulaient à flots avant de sentir un goût salé s'immiscer entre les lèvres d'Hugo et les miennes.

PACÔME

Cette conférence est un supplice. Je l'observe parler dans le micro à toutes les personnes présentes dans cette salle et j'ai l'horrible sensation qu'elle s'adresse à tous sauf à moi. Depuis que nos regards se sont croisés tout à l'heure, elle n'a fait qu'éviter la partie droite de la pièce comme si elle était brusquement atteinte d'héminégligence.

Même après tant d'années, je suis capable d'analyser ses gestes qui traduisent une angoisse profonde. Je la vois rejeter ses cheveux à l'arrière de ses oreilles toutes les minutes et pousser le bout de son pouce contre la partie médiale de son index en signe de nervosité. Sa voix n'est déjà plus la même. Malgré l'assurance qu'elle prend pour partager ses connaissances, j'entends ses cordes vocales qui vibrent différemment.

Le temps se fige et les interrogations des confrères, à la fin de la conférence, durent une éternité. Je ne tiens plus en place. Je ne sais même pas si je suis capable de la retenir avant qu'elle ne quitte cette salle. Tout un tas de questions fuse dans ma tête et je jurerais que mes neurones se sont emmêlés comme les fils d'un ordinateur pour me jouer un mauvais tour. Je ne suis pas certain qu'être ingénieur à ce moment précis m'aiderait davantage à faire le tri. J'ai seulement l'âme d'un petit garçon de huit ans. Mes genoux remuent involontairement. Thomas tente de me calmer en tapotant ma cuisse.

Au moment où elle demande si l'assemblée a une dernière revendication, mon bras se lève d'un coup. Putain d'inconscient de merde.

— Vous évoquiez tout à l'heure que les directeurs d'agence se devaient de laisser l'ensemble de leurs problèmes personnels aux portes de l'ascenseur. Je suis plutôt d'accord avec ce propos. Cependant ne pensez-vous pas que, parfois, ce puissent être des moteurs dans notre profession ?

Ses lèvres tremblent avant de me répondre et je regrette déjà d'avoir osé prendre la parole devant tout le monde. Je ne voulais pas la mettre mal à l'aise. Je désirais seulement qu'elle me voie.

Elle émet un léger raclement de gorge avant d'assembler toute l'assurance qui lui est possible.

— Bien sûr. Je n'ai jamais prétendu n'avoir jamais emporté au bureau les soucis de la maison. Toutefois, je crois qu'il est important de savoir faire le tri entre ce qui nous ralentit et ce qui nous exalte.

Elle coupe court à ma réponse et ferme ses notes en remerciant la salle de l'avoir écoutée.

Je reste stoïque, la douleur n'osant pas encore s'emparer de tout mon organisme. Je pense à son regard vide lorsqu'il s'est dirigé vers moi, comme si je n'avais jamais existé dans sa vie. Si les turbulences sont violentes, l'atterrissage l'est d'autant plus.

Je l'observe ramasser ses affaires et s'éclipser rapidement. Je suis incapable de bouger pour la rattraper. Il est déjà trop tard lorsque son nom s'échappe de ma bouche.

Il n'y a plus que Thomas et moi qui restons confinés dans la salle. Tous sont disposés à profiter de la soirée pendant que je demeure paralysé.

— Allez mec, viens te changer les idées. On va torpiller le buffet !

J'aurais ri à sa remarque si les connexions de mon cerveau n'étaient pas aussi lésées. Je me lève finalement lorsque mon ami parle d'alcool. C'est le meilleur appât pour que je sois de la partie.

Je le suis, pas certain d'être prêt à croiser de nouveau ce visage familier.

J'avale la première flûte de champagne en deux minutes chrono avant que l'on m'en serve une deuxième, puis une troisième, puis une quatrième…

Le début de soirée passe à une vitesse folle. Je sympathise avec de nombreux concurrents. Je ne suis plus sûr d'être pertinent, mais il semblerait que je fasse rire. Thomas me suit dans mes verres avec un peu plus de douceur et de discipline.

Il me lance un coup de coude vers vingt et une heures. Je me retourne, prêt à lui répondre avant de découvrir une femme élancée. Sa robe longue est splendide et le maquillage met en valeur son visage suave.

Sophia est magnifique. Mon souffle se coupe lorsqu'elle se rapproche du buffet. Les vapeurs d'alcool qui s'échappent de ma bouche, au moment où je tente de prononcer quelque chose, me font soudainement honte. Cependant, les synapses indisciplinées, et surtout baignées dans le punch depuis quelques verres, se permettent d'articuler les sons qui n'auraient jamais osé sortir quelques heures auparavant.

— Sophia ! T'as quelques minutes à m'accorder ou tu vas encore écourter notre échange ?

Je remarque, à son front qui se plisse, que sa réplique va rapidement calmer mes ardeurs.

— Bonjour Pacôme. Je crois qu'en plus de l'endroit inapproprié, tu n'as pas l'air apte à avoir cette discussion maintenant.

— Tu te trompes, je suis prêt à vous écouter, ta vie parfaite et toi. Allez, fais-moi rêver un peu.

Aux premières loges de mon agressivité, Thomas me tire par le bras en saluant au passage son amie.

— Mais lâche-moi mec ! Tu vas m'empêcher de parler à la femme que je ne vois plus que dans mes rêves depuis toutes ces années ?

Thomas serre sa mâchoire, ne sachant plus s'il doit me retenir.

— Tu l'as entendue ? Ce n'est ni le lieu ni le moment. Viens, on va aller prendre l'air un peu tous les deux.

— Avec elle ça ne le sera jamais de toute façon. Pas vrai, Sophia ? S'échapper est sa plus belle qualité.

Je n'observe pas les visages qui se tournent vers notre altercation dérangeante. C'est comme si le monde était figé autour de nous.

— Mais je n'en reviens pas Paco ! Ton impertinence ne devrait même plus me surprendre. C'est toi qui parles de fuite ? Sérieusement ?

Je sens une animosité ascendante entre nous, mais aussi un désir certain, prêt à tout dévaster autour de lui.

Elle hésite quelques secondes avant d'asséner le dernier coup dont je ne suis pas sûr de me relever.

— Tu sais que je suis partie parce que tu n'as pas voulu me retenir.

Je baisse les yeux au sol, penaud. Ce n'est que lorsque je les relève que j'aperçois un homme qui encercle sa taille de ses bras. Il me tend la main pour se présenter.

— Pacôme, je présume. Je suis Martin, son fiancé.

J'accepte sa poignée de main. Il me serre les doigts fermement, comme pour marquer son territoire. Ce qu'il n'a pas compris c'est qu'il a gagné depuis longtemps, bien avant qu'il ne la rencontre d'ailleurs. Il est victorieux depuis que j'ai fermé cette porte et que je ne l'ai plus jamais rouverte.

Je feins la sympathie, croise le regard sensible de Sophia et pars en direction des toilettes. Ce que je vais y déposer sera certainement rempli de nourriture accompagnée de sa sauce amertume.

La vie est rude.

ALICE

La tension grimpe un peu plus à chaque baiser que nous échangeons. Sa main vient caresser mon ventre en dessous de mon t-shirt. Je coupe mon cerveau de toutes pensées susceptibles de gâcher ce moment que j'attends depuis longtemps. Si je les laissais me submerger, je serais incapable de sentir l'excitation en moi.

Le regard qu'il pose apaise les maux des mots de cette femme. Il tourne sa langue dans ma bouche avec entrain, me faisant déjà vibrer d'envie.

Très rapidement, nous nous retrouvons entièrement nus, contemplant chaque parcelle de peau de l'autre.

Les préliminaires sont de courte durée, il glisse en moi d'une facilité ahurissante. Je fournis une énergie à faire pâlir les piles au lithium lorsque je m'assois sur lui, les jambes de chaque côté de son corps.

Son râle ne se fait pas attendre longtemps après quelques minutes d'allers-retours. Je suis comblée et déjà sur une autre galaxie lorsqu'il se retire doucement de mon être.

Nos mains s'articulent finalement pendant que nos respirations reprennent leur rythme habituel. Il dépose un baiser sur ma tempe avant de me remercier pour ce moment délicieux.

Je m'abandonne à son regard lorsqu'il bredouille quelques mots. Il ne m'a jamais perdue. Il pense certainement qu'il vient de me récupérer, mais en vérité je ne suis jamais partie.

— Tu m'avais tellement manqué.

Je souris naïvement avant de répondre réciproquement. C'est tout ce que je voulais entendre.

Je prends mon soutien-gorge et ma culotte et m'en vais uriner.

Lorsque je reviens vers la chambre, je perçois la voix grave d'Hugo. Je colle mon oreille à la porte avant d'entrer.

— Je ne peux pas venir ce soir, je te l'ai dit. Demain c'est possible ?

Sa réplique résonne en moi avec dureté. J'ouvre la porte immédiatement, me saisis du reste de mes vêtements que j'enfile à toute vitesse et prends mon sac à main.

Je l'entends raccrocher au téléphone pendant que je m'emmêle dans mes collants. Je pousse des jurons, agacée par la situation. Encore une qui m'échappe.

— Tu fais quoi Alice ?

Il réitère sa question quatre fois de suite, espérant que je finisse par lui apporter une explication. Je range mes affaires et me précipite en dehors de la chambre. Hugo m'attrape le bras avant que je n'aie le temps de descendre l'escalier.

— Oh ! Il t'arrive quoi d'un coup ? Réponds-moi putain !

Son énervement ne fait qu'émerger en moi la déception.

— Ta soirée est libre maintenant.

Je le vois rire et je suis soudainement gênée, bien consciente que ma réaction est probablement disproportionnée compte tenu du peu de contexte à disposition.

— C'était juste Adam, il me proposait d'aller boire un verre en ville. Pas de quoi en faire un plat, si ?

Mon ton s'adoucit très vite, je regrette déjà la scène qui vient de se produire.

— J'suis désolée. C'était con.

Il me serre dans ses bras pour me rassurer. J'en profite pour humer l'odeur de parfum qui se dégage de son cou puis m'y cache, honteuse.

Ce léger accrochage m'aura valu une jouissance extrême dans les minutes qui suivirent. Je ne suis désormais plus sûre d'avoir des regrets.

Mes paupières se relâchent lorsqu'il dessine des cercles dans mes cheveux.

Il se lève d'un bond pour aller chercher une bouteille d'eau pour la nuit. Au même moment, j'entends son téléphone vibrer. Trop curieuse pour l'ignorer, je me penche vers la table de chevet. J'y trouve un texto d'un destinataire inconnu. Je lis le message instinctivement. L'inconnu lui demande à quelle heure il sera chez lui le lendemain. Je devrais peut-être plutôt dire l'inconnue.

Il me ment.

Je n'ai pas envie de déclencher une seconde crise d'hystérie, alors je feins m'être endormie au moment où je l'entends entrer dans la pièce. Il vient déposer un baiser sur mes lèvres avant de rouler vers l'autre côté du lit.

La soirée a été éprouvante, je prie pour que l'épuisement gagne la partie, mais il n'en est rien. Je ne cesse de tourner. Les nouvelles branches qui se forment dans mes pensées arborescentes ne m'aident pas à trouver le sommeil.

Je sors discrètement du lit et appelle la seule personne à laquelle j'ai envie de parler à cette heure-ci. Lorsque j'entends le son de sa voix, je me sens toujours apaisée. Cette voix me berce comme dans mon enfance et c'est tout ce dont j'ai besoin dans mes crises d'insomnies.

Au bout de quelques sonneries, l'individu concerné se décide à décrocher le combiné.

— Papa ?

Je perçois un souffle embarrassé à l'autre bout du fil et devine, rien qu'à l'écoute, que ce n'est pas mon père.

— Ma belle, c'est Thomas. Ton père est quelque peu malade, je ne crois pas qu'il pourra te répondre. Tout va bien ?

Je ravale les larmes qui ne pensent qu'à s'échapper, afin d'éviter d'attirer l'inquiétude de l'ami de mon père.

— Oui oui. Je voulais simplement lui parler, mais ça peut attendre. Il a trop bu ?

J'entends les rires de Thomas qui me font légèrement sourire.

— Eh oui, tu comprendras quand tu seras plus grande !

— Comme si je n'avais pas déjà l'âge pour la gueule de bois.

Je sens au téléphone que Thomas est hésitant. J'aimerais croire que mon père s'est seulement un peu trop amusé à cette soirée, mais je suis persuadée qu'il s'est passé quelque chose.

— Tu me le dirais s'il y avait un problème avec papa, hein ?

Il m'en fait la promesse.

Je n'ai pas besoin d'être à ses côtés pour savoir que ses orteils sont tous croisés.

Le mensonge est souvent plus doux que la vérité. Dommage qu'il ne soit qu'illusoire et temporaire.

PACÔME

J'ai l'impression que des coups de marteau assènent ma tête. L'alcool a fait des dégâts, mais ce n'est rien comparé à la douleur d'avoir assisté aux niaiseries de Sophia et de son compagnon.

J'ai très vite écourté la soirée, mes nausées devenant trop importantes à supporter. Thomas s'est occupé de moi comme d'un adolescent de seize ans en proie à sa première cuite.

Je me suis endormi rapidement, mais le réveil a été brutal.

J'ai mal partout.

L'odeur du jambon grillé présente dans le couloir ne stimule même pas mes cellules olfactives encore anesthésiées de la veille.

Je cherche mon portable en vain avant que Thomas ne sorte de la salle de bain.

— Pas trop difficile ce matin ?

Je lève les sourcils en l'air en guise de réponse. Mon visage est certainement plus pâle que la serviette qu'il a autour de lui.

— C'était bien la fin de soirée ?

Il prend un petit temps de réflexion, ne voulant pas me vexer d'avoir passé une meilleure nuit que la mienne.

— Honnêtement oui. J'ai revu des camarades d'université, c'était bizarre de danser avec eux comme si nous n'avions jamais quitté les bancs de la fac.

J'acquiesce tout en remords de ne jamais avoir conservé d'amis à cette époque, trop aveuglé par la femme qui m'assujettissait aisément.

— Au fait, ta fille a appelé vers deux heures du matin. C'est moi qui avais ton portable.

Je sors brusquement de mes pensées, l'inquiétude me gagnant.

— Il lui est arrivé quelque chose ?

Thomas me rassure très vite, mais je reste perplexe. Alice ne me contacte jamais sans raison, encore moins à une heure tardive.

Je décide d'appeler Laurence pour être certain que tout va pour le mieux.

— Paco, ça me fait plaisir de t'entendre. Ça va ?

— Oui super. Je voulais savoir comment allait Alice ?

La réponse qui suit est loin de me plaire.

— Écoute, je comptais justement te le dire lorsque tu viendrais la chercher cet après-midi, mais puisque je t'ai au bout du fil, je vais t'en toucher quelques mots tout de suite.

Je n'aime pas le ton qu'elle prend soudainement. La peur s'empare de moi. Je n'ose même pas imaginer s'il devait lui arriver quelque chose.

— Elle n'a pas dormi à la maison.

— De quoi me parles-tu ?

— Je l'ai entendue sortir discrètement dans la nuit. Je me suis levée directement pour la rattraper, mais elle était déjà partie. Je suis désolée Paco, je ne savais pas quoi faire. J'ai questionné Valentine pendant une heure. Elle sera punie de m'avoir menti, je te le garantis !

Un mélange de soulagement et d'agacement me titille. Je ne suis pas très surpris du comportement de ma fille. J'ai été jeune moi aussi.

— Chez qui est-elle allée ?

— Un certain Hugo. Valentine m'a juré que c'était son petit ami et qu'elle était en sécurité. Je l'ai crue et je n'ai pas voulu t'appeler pour t'affoler.

— Je te remercie Laurence, ne t'en fais pas, je me chargerai de régler ça à mon retour. Elle est rentrée maintenant ?

— Oui il y a une heure, j'ai déjà débuté la morale.

Je raccroche ensuite. Je suppose que ma fille n'a pas hâte d'écouter mon sermon.

Je repense à son appel au milieu de la nuit alors qu'elle était avec son petit ami. J'espère qu'il ne l'a pas forcée à quoi que ce soit.

Cette idée qui m'effleure me donne une nouvelle fois envie de vomir.

Je sors tout juste de la douche lorsque j'entends quelqu'un frapper à l'entrée. Je me précipite pour ouvrir à Thomas qui a probablement oublié la clé de la chambre d'hôtel.

Mes yeux sont prêts à jaillir de leurs orbites lorsque je l'aperçois à l'embrasure de la porte.

Je me sens soudainement nu sous cette ridicule serviette enroulée autour de ma taille. Je l'observe, perchée sur ses hauts talons. Ses jambes me paraissent encore plus longues et fines que dans mes souvenirs.

Je lui lance un regard inquisiteur.

— Pacôme. Je tenais à m'assurer que tout allait bien de ton côté. J'ai cru comprendre que la nuit avait été un peu difficile.

Ses yeux qui pétillent laissent sous-entendre que la vue de mon torse ne l'indiffère pas.

— C'est gentil, mais tout roule. J'avais un poil trop bu, j'avoue. Je voudrais m'excuser pour mon comportement. J'étais minable. Encore.

L'adverbe m'échappe.

— Ce n'est rien. C'est moi qui suis désolée.

Je ne suis pas certain de comprendre où elle veut en venir. Je l'incite à poursuivre son propos.

— J'imagine que c'était pas simple de me voir avec Martin hier soir.

Pendant des jours je me suis visualisé Sophia au bras de cet homme. J'essayais de me préparer au fait de les rencontrer, par hasard, au détour d'une rue. Toujours est-il que jamais je n'aurais pensé que ce serait aussi rapide et violent.

Je hais cet homme de pouvoir la prendre dans ses bras dès qu'il le désire.

Lorsqu'elle était dans les miens, je croyais que c'était pour l'éternité.

— Brusque serait peut-être davantage approprié.

Ses masséters se contractent sous l'impulsion de mon mot.

— Mais je ne peux que te féliciter pour cette nouvelle. Je n'ai toujours souhaité que ton bonheur.

Je déglutis ma salive avec difficulté, ma gorge est bien trop nouée pour fonctionner normalement. J'observe son regard s'éteindre.

— Il était avec toi.

Elle regrette ses paroles à l'instant où elle les prononce et je reste stupéfait qu'elle l'ait réellement fait.

— Je te remercie d'être venue Sophia.

Je devrais me battre pour cette femme. Je devrais l'empêcher de faire la bêtise de sa vie. Je devrais la garder pour moi tout seul.

Au lieu de cela, je ferme la porte devant son nez.

Je l'entends renifler dans le couloir avant que ses talons ne retentissent à l'autre bout.

Je l'ai laissée partir, encore une fois.

ALICE

Je hais Laurence.

Valentine a reçu un sacré sermon hier soir lorsque je suis partie. Je croyais pourtant que mes petites pattes de souris suffiraient à passer incognito, mais je me suis fourvoyée.

Elle m'en veut.

Elle m'a à peine adressé un mot depuis que nous nous sommes retrouvées à la boulangerie comme prévu. Elle a seulement expliqué que cela ne servait à rien de continuer à mentir à sa mère puisqu'elle savait tout. Mes mains se sont mises à trembler tout à coup. Non pas parce que je me ferai réprimander dans l'heure qui suit, mais parce que mon père fulminera littéralement de l'intérieur. Ce qui ne présage rien de bon quand il est fâché.

Ce sera encore une excellente raison de nous détester davantage lui et moi.

J'entre à peine dans le couloir ce matin que j'aperçois Laurence qui m'attend, assise sur son fauteuil, les jambes croisées. Elle fait signe à Valentine de nous laisser toutes les deux.

— Qu'est-ce qu'il t'a pris Alice ?

Son regard est empreint de colère, je ne suis pas prête pour la dispute qui va éclater.

— Je suis vraiment désolée, Valentine n'y est pour rien.

Je tente de défendre mon amie en vain, cherchant certainement un moyen de me faire pardonner auprès d'elle.

— On aurait pu en discuter avant que tu ne fasses le mur, tu ne penses pas ?

— Tu aurais accepté sans que mon père ne le sache ?

— Je lui aurais demandé c'est tout.

— Tu ne crois quand même pas qu'il aurait dit oui. Je le connais.

— Et justement Alice ! Avant de vous laisser à vos soirées arrosées ou à vos escapades amoureuses, la confiance avec les parents se crée. Ce n'est jamais simple pour nous de vous confier à des personnes inconnues. C'est un travail actif. Tu mènes la vie dure à ton père, qui est déjà tiraillé entre le bonheur de sa fille qu'il a entravé cet été et le besoin de la protéger envers et contre tout. Alors, va, continue sur cette lancée Alice et je te jure que ton père aura encore moins envie de te laisser vivre ta vie d'adolescente.

Je sais pertinemment qu'elle a raison. Je ne souhaite pas être mère un jour, ça me semble horrible.

Le déjeuner est tendu. Toute la famille Le Goff est sur les nerfs. Les aliments tournent en bouche.

Christian fait mine de lire son journal pendant que Laurence lave la vaisselle depuis trente minutes. Je crois que les assiettes sont décapées depuis. Valentine trie ses haricots avant de les manger un par un à la vitesse d'un escargot. Il n'y a que Germain qui chantonne dans son coin.

J'ai tellement hâte de rentrer chez moi, mais quand j'y pense, je n'aperçois que la colère dans le regard de mon père. Finalement, peu importe où je me trouve, ma journée ne risque pas d'être agréable.

Je suis Valentine dans sa chambre lorsque nous quittons enfin ce supplice.

— Tu comptes m'éviter longtemps ?

J'observe mon amie rouler des yeux avant d'expirer bruyamment.

— Mais non. J'en ai juste assez d'être mêlée à tes histoires. C'est toujours comme ça.

Je n'ai pas besoin d'un miroir pour savoir que tout mon visage se décompose.

— De quoi tu m'parles ?

— Il n'y en a constamment que pour toi. Alice et ses problèmes sentimentaux, Alice et son père qui n'est finalement pas son père, Alice et sa mère qui est décédée, Alice par-ci, Alice par-là. Oh, mais il faut faire attention à Alice, sa vie n'est pas facile. C'est une petite poupée de porcelaine, c'est vrai.

Je n'ai même pas les mots pour décrire la fêlure qu'elle vient de créer en moi. Elle n'avait jamais été si méchante, quand bien même elle avait mille raisons de l'être davantage.

Je reste dans la totale incompréhension, choquée.

— Tu t'es demandé un jour si ma vie n'était peut-être pas aussi parfaite qu'elle en avait l'air ?

— Je t'en prie Valentine, t'es dure avec moi. J'ai toujours été présente dans les moments difficiles. Jamais je n'ai prétendu que ton quotidien était uniquement composé de moments heureux.

Elle réfléchit un instant et ses yeux qui s'emplissent de larmes n'annoncent rien de plaisant.

— Pourtant tu n'es qu'une sale égoïste.

Cette fois, c'en est trop. Je quitte la chambre furieuse et attends le retour de mon père, assise sur un des transats du jardin.

Les heures sont longues avant que je ne finisse par percevoir sa voix rauque.
Après cette journée, je suis prête à tout entendre.
Je m'avance près de la porte d'entrée, mon sac à la main. Il embrasse ma joue avec froideur.
Il salue les parents de Valentine tout en les remerciant de leur hospitalité et j'en fais de même. Laurence me lance un sourire qui me rassure.
Le silence est pesant dans la voiture. Je préférerais qu'il me raconte son week-end ou même qu'il me dispute plutôt qu'il ne dise rien.
J'ai l'horrible sensation qu'il souffre, ce qui me rend à mon tour malheureuse. Je suis une véritable éponge lorsqu'il s'agit de mon père. Ses sentiments sont les miens.
— Parle-moi, papa…
Il tourne la tête vers moi, ses yeux sont légèrement embués.
— Pas maintenant, Alice. Je suis déçu, mais pas furieux. Je trouverai sûrement de quoi te punir, pas de quoi en faire une histoire.
J'ignore ce qu'il s'est passé durant son week-end, mais pour que la douleur écrase la nécessité de me blâmer, ça doit être suffisamment important.
Nous rentrons ainsi à la maison, un dimanche ensoleillé à l'extérieur et pourtant si noirci dans nos cœurs.

PACÔME

Habituellement, je me serais sans doute agacé contre Alice. Je lui aurais donné une leçon pour que cela ne se reproduise plus et, selon ses dires, elle m'aurait détesté jusqu'à la fin des temps.

Aujourd'hui, c'est différent. Nous nous sommes fâchés suffisamment cet été pour combler toute la décennie à venir.

Je n'ai plus la force, j'ai seulement envie de gagner mon lit afin que le sommeil emporte avec lui tous les mauvais souvenirs du week-end.

Avant de monter dans ma chambre, je vérifie tout de même que ma fille se sente bien.

— Que s'est-il passé hier soir ?

Je lis dans ses yeux qu'elle aimerait pouvoir me retourner la question, mais qu'elle n'osera sans doute pas le faire.

— J'étais avec Hugo, excuse-moi…

— J'avais bien compris. Le problème c'est, pourquoi as-tu voulu me joindre tard dans la soirée ?

Elle cherche la raison infaillible capable de me rassurer, mais c'est finalement la vérité qui sort de sa bouche.

Plus de mensonges entre nous.

— J'avais seulement besoin de parler à mon père.

Je regrette de ne pas avoir pu répondre cette nuit. Je suis loin d'être le père de l'année.

— Ça ne s'est pas très bien passé entre vous deux ?

— Si si, mais…

J'hésite un instant avant de poser la question qui me hante depuis ce matin.

— Il a cherché à abuser de toi ?

Je suis effrayé de connaître sa réponse, mais très vite rassuré par son regard offusqué.

— Non, bien sûr que non ! Ne te mets pas ce genre d'idées en tête.

Je pousse un soupir de soulagement.

— Je crois qu'il me trompe.

Ce type de doutes, c'est la pire des choses. Je pense à toutes ces années où j'ai dû fermer les yeux sur les adultères de Chloé. J'ignore ce qui est le plus horrible entre savoir la personne qu'on aime le plus au monde dans les bras de quelqu'un d'autre ou se mentir à soi-même sur cette réalité qu'on n'est pas prêt à affronter.

Alice me serre la main, elle connaît les souvenirs que cela ravive en moi.

— Assure-toi que ce ne soit pas le cas et promets-moi de faire taire tes sentiments avant qu'ils ne finissent par te dévaster et remporter ton âme.

Elle m'enlace avec force avant de regagner le salon.

Allongé sur mon lit, les yeux fixés au plafond, je me fige dans le passé. Celui avec Chloé, où j'y ai laissé toute croyance en l'amour et celui avec Sophia où j'ai manqué d'y croire.

Il paraît qu'on ne vit jamais réellement dans l'instant présent, mais que nous pensons sans cesse au passé qui nous a échappé et à l'avenir qui nous effraie avant même de le connaître. J'aimerais tant ne songer qu'au moment que je suis en train de vivre, mais après tout il s'ancre déjà un peu plus dans le passé à chaque minute qui s'écoule.

Lire ces quelques lignes n'est pas la meilleure idée pour modifier mon état d'esprit, mais il semble que le passé soit l'unique chose à laquelle je puisse me raccrocher sans avoir l'impression que ma vie est ratée.
Mes mains tremblent encore, je me rappelle sa voix chuchoter à mon oreille ces doux mots que je n'entendrai plus. Cette nuit-là fut l'une des plus belles.

« Pacôme, j'avais tellement cessé d'y croire. Il s'en est fallu de peu que je pense à renoncer à cette relation qui devenait douloureuse à porter seule. Après tous les efforts que tu faisais pour me garder près de toi, l'absence de retour sur mes sentiments commençait à m'effrayer. J'ignore si mon ultimatum a déclenché en toi ce que j'attendais, mais tu as su apaiser tous ces moments de doutes. Au-delà de me révéler ton amour, c'est surtout à toi que tu as réussi à avouer être prêt pour me laisser les clés de ta vie. Tu ne peux pas imaginer le bonheur que j'ai ressenti. C'est indescriptible. J'espérais ce jour depuis longtemps. Maintenant que je sais que nous empruntons la même direction, je me sens libérée d'un poids. Celui de la peur constante de te perdre. Je partagerai cette vie avec ce petit bout de ton être du mieux que je peux. C'est vous deux ou rien et mon choix est déjà fait. Je l'aime beaucoup. Et je t'aime d'un amour qui paralyse chacune de mes cellules quand j'y pense un peu trop fort. *Celle qui te veut pour toujours.* »

Je n'arrivais pas à lui avouer que je l'aimais. Le plus fou dans tout cela c'est que je le savais pertinemment.

Toutefois, le dire à haute voix, c'était prendre trop de risques. Celui qu'elle s'accroche de toutes ses forces alors que je n'étais pas certain de la nature de mes sentiments, mais aussi, et surtout, celui de laisser à quelqu'un la possibilité de me faire souffrir. Une fois peut-être, deux fois assurément pas. Je me l'étais juré.

Pourtant la vie est cruelle, j'aurais dû m'en douter.

Si j'avais su que nous finirions par nous blesser fatalement, je me serais sûrement abstenu cette nuit-là. Je sens encore nos corps entrelacés après un long moment d'intimité et de jouissance. Sa main qui caressait mon pénis et la mienne, ses cheveux. C'est à ce moment que j'ai prononcé les sept petites lettres. Le romantisme n'était pas à son apogée, mais l'atmosphère était si pure et sincère que je n'aurais pas rêvé mieux pour les lui dire.

Ses doigts se sont soudainement contractés et elle a relevé la tête vers moi. Ses yeux se sont écarquillés avant de laisser place à une émotion que je ne pourrai jamais oublier. Je n'ai pas eu besoin de les lui répéter, elle avait très bien entendu. Elle m'a embrassé à pleine bouche et nous avons fait l'amour sauvagement, une bonne partie de la nuit.

Au petit matin, j'ai senti dans son regard que ses doutes n'avaient pas disparu. J'ai posé délicatement mes mains sur ses joues, ne quittant plus ses yeux noisette, et j'ai prononcé de nouveau les trois mots magiques. Je n'ai plus arrêté de la journée.

Quand je songe à son sourire radieux qui s'est illuminé à chaque fois que je les ai articulés, la réponse est non. Non, je ne regretterai jamais d'avoir déclaré mon amour à cette femme qui a marqué ma vie.

Quand je pense à la nausée qui me prend tout à coup lorsque je l'imagine sourire aux sentiments d'un autre homme, la réponse est oui. Oui, je l'aime toujours intensément.

Sans réfléchir davantage, j'attrape mon téléphone. L'attente n'est pas longue avant que je n'entende une voix au bout du fil.

— Le numéro que vous avez composé n'est pas attribué.

Merde.

ALICE

J'ai préparé le dîner, mais mon père n'a pas voulu descendre. Je suis alors montée au pas de sa porte, espérant qu'il m'ouvre. Il a prétexté avoir l'estomac en vrac, à cause de l'alcool qu'il a ingéré ce week-end, mais je n'y crois pas.

J'ai mangé seule. Le journal télévisé en fond et l'esprit ailleurs que dans mes lentilles.

Je n'ai pas daigné répondre aux messages d'Hugo. Le réveil était trop inconfortable ce matin. J'ai cherché à me hisser hors du lit sans un bruit pour rejoindre Valentine à la boulangerie, mais il a attrapé mon bras pour me plaquer contre son torse. Je n'avais pas envie d'être avec lui une seule seconde de plus, mais il me serrait trop fort pour que je puisse en sortir. Les sentiments ont pris le dessus lorsqu'il s'est introduit en moi en un rien de temps. J'avais beau le détester de toutes mes forces, le désir était supérieur à la haine. Je me demande si elle n'amplifiait pas mes râles de plaisir.

C'était si bon.

J'ai embrassé sa tempe avant de me rhabiller aussi vite que notre partie de jambes en l'air. J'ai dit être pressée, ce qui n'était pas vraiment un mensonge quand j'y pense, et je suis partie. Sans un mot de plus.

Depuis, il a essayé de me joindre à plusieurs reprises. Je préfère l'ignorer, je ne suis pas certaine de vouloir connaître la vérité. S'il me trompe, alors il me donnera raison d'avoir douté depuis le début, mais s'il est fidèle, je devrai assumer mes sentiments. Je ne suis prête pour aucun des deux schémas.

Je n'ai pas non plus eu de nouvelles de Valentine. C'est la première fois qu'une dispute nous éloigne autant. J'espère que ça finira par s'arranger.

Toutes ces raisons maintiennent cette anxiété en moi. Rien ne me pousse à vouloir aller au lycée demain, bien au contraire.

Je gagne rapidement mon lit, les craintes et les agitations s'insèrent dans mes draps également.

Je me répète en boucle que cette journée ne peut pas être pire, mais j'entame le bouquet final en ouvrant une nouvelle lettre.

Je suis prête.

« Alice, peut-être un jour liras-tu cette lettre. »

Je réitère mon propos. Peut-être que ce dimanche sera le plus mélancolique de l'histoire des dimanches.

Je prends la lettre à deux mains ou plutôt mon courage et poursuis la lecture de ces quelques lignes qui me bouleversent déjà.

« J'espère que ce sera le cas. Peut-être la lirons-nous ensemble, peut-être la liras-tu en secret. Les suppositions sont tout ce qu'il nous reste lorsque les doutes sont trop forts. J'ai demandé à ton père de garder cette lettre sans la consulter. Bien sûr, je m'attends à ce qu'il soit trop curieux pour laisser les deux femmes de sa vie l'exclure de cet échange. Oui Pacôme, c'est à toi que je m'adresse. Je voulais simplement que ta fille sache que je suis heureuse de faire désormais partie de son quotidien. En toute honnêteté, j'ai passé mes dernières années à être happée par le travail. Je ne vivais que pour cette agence sans me rendre compte que le monde tournait autour. Sans m'apercevoir que j'ignorais tout du bonheur extérieur. J'étais persuadée que la routine me rassurait et, par-dessus tout, j'étais convaincue que ma carrière était tout ce que j'avais. C'était faux. Je l'ai tout de suite intégré lorsque j'ai posé mon regard sur ton père. Il était animé par quelque chose de bien plus important que la folie professionnelle. J'ai longtemps ignoré de quoi il s'agissait avant de découvrir que l'entièreté de sa vie t'était dédiée. C'est à ce moment-là que j'ai réellement compris que la mienne n'avait aucun sens depuis toutes ces années. J'ai noyé ma solitude dans le travail, me privant d'éprouver quelconque sentiment pour autrui. Je ne remercierai jamais assez ton père d'être entré dans cette vague antipathique et surtout de t'y avoir embarquée avec lui. Tu es un véritable rayon de soleil, Alice. J'ignore comment je vivais sans vous, mais une chose est sûre, je n'aurai plus jamais à me poser la question. Sache que je ne prétends pas remplacer ta maman. Je veux seulement ton bonheur et j'espère de toutes mes forces qu'il sera à mes côtés. Lorsque tu m'adresses tes plus beaux sourires, je sais que j'ai enfin trouvé ma place. Pas celle d'une directrice acharnée, mais celle d'une mère en devenir. *La femme qui prendra soin de toi.* »

Je suis totalement bouleversée.

Je reste figée un long instant devant ce bout de papier. Je suis incapable de me rappeler le visage de cette femme. Il n'y a que cette voix qui tourne en boucle dans ma tête. Je peux encore entendre cette douceur dans l'appellation de mon prénom, mais rien d'autre ne me revient.

C'est comme si mon cerveau avait chassé tout souvenir des présences féminines de mon enfance, d'abord ma propre mère puis son substitut. C'est douloureux de ne pas pouvoir se remémorer l'amour maternel. J'ai toujours senti cette partie vide en moi.

Aujourd'hui, la claque est d'autant plus rude. Je viens de me rendre compte que j'avais oublié qu'une femme m'avait sincèrement aimée.

PACÔME

Le réveil m'arrache du lit sans difficulté. Les heures ont été longues avant que je n'entende enfin la sonnerie qui me serve de prétexte à me lever.

Alice est en train de se préparer dans la salle de bain. C'est moi qui l'emmène ce matin. Je file à la douche lorsqu'elle descend prendre son petit-déjeuner, évitant de croiser son regard empreint d'inquiétude.

Le jet d'eau en route, je me savonne avec lenteur. Je rêve secrètement des doigts de Sophia qui me parcourent. Les souvenirs sont à la fois douloureux et excitants. Je pense à toutes ces douches que nous avons partagées ensemble et à toutes ces caresses matinales.

Ma mâchoire se contracte en même temps que mes muscles pelviens.

Je la contacterai aujourd'hui, quoi qu'il m'en coûte.

Je descends l'escalier à toute vitesse lorsque ma fille hurle mon prénom depuis la cuisine.

— Alice ? Tout va bien ?

Elle est totalement paniquée. Une de ses mains est couverte de sang. Je m'approche d'elle en une fraction de seconde. Des larmes coulent de ses yeux doux et je perçois en elle la fillette effrayée que j'ai retrouvée quelques années auparavant.

— Je me suis coupée. Ce n'est rien.

Elle se reprend rapidement, sa maturité tente de s'imposer face à l'enfant qui ne demande qu'à être consolé.

Je l'aide à se relever. Elle s'éloigne en direction de la salle de bain. Je balaie alors les morceaux de verre qui jonchent le sol avant de la retrouver. Elle est immobile, sa main est toujours ensanglantée.

— C'est profond ? Laisse-moi regarder.

Elle retire brusquement sa main avant de la passer sous l'eau froide. Je suis rassuré en voyant la plaie sur son doigt, un simple bandage suffira. Je sors le nécessaire, mais elle refuse mon aide, prétextant être assez grande pour se soigner toute seule.

Je ne comprends pas les montagnes russes qui la traversent tout à coup pour une coupure superficielle.

Il n'a fallu que quelques secondes pour que ses mots m'arrêtent dans mon élan.

— C'est maman.

Je n'ai pas besoin davantage d'informations lorsque je la vois fixer son doigt avec affliction.

— Un souvenir t'est revenu ?

— Non, rien. On y va ? Je crois qu'on est déjà en retard.

Je remarque l'effort pour esquiver la question. J'ai la nausée rien qu'en imaginant la scène qui vient de faire surface dans son esprit.

Elle m'a donné une énième raison de haïr cette femme pour qui j'ai tant fait.

Je la dépose au lycée avant de retrouver l'agence.

Je salue l'ensemble de mes salariés et demande à Joséphine de me suivre dans mon bureau. Elle lève un sourcil interrogateur avant de bondir de sa chaise.

Je prends des nouvelles des enfants dans l'ascenseur, attendant que nous soyons là-haut pour lui expliquer mon engouement. Elle semble déjà connaître la raison de ma sollicitation.

Je ferme la porte de mon bureau derrière nous.

— J'imagine que Thomas t'a raconté notre week-end en détail.

Elle sourit, légèrement gênée par la situation.

— Pas de simagrées entre nous Paco. Dis-moi tout de suite ce que tu cherches ?

J'ai toujours apprécié son franc-parler. Joséphine est une personne honnête, qui ne craint jamais de dire les choses. Y compris celles qui peuvent démolir son interlocuteur.

— Tu savais qu'elle y serait ?

— Je me doutais que tu le demanderais. Je te jure que non.

Mon corps tout entier doit dégager une certaine perplexité lorsqu'elle poursuit pour me convaincre.

— Tu es mon ami depuis tant d'années, tu conçois vraiment que je t'aurais fait ça ?

— Josie, on sait très bien tous les deux que ce genre de plan foireux, c'est exactement ce qui te caractérise.

Elle feint l'air offusqué, bien que mes mots ne la touchent aucunement.

— Tu n'es pas obligé de me croire. Seulement, tu ignores dans quel état je l'ai récupérée dix ans auparavant. Alors très bien. J'aurais pu te faire ce coup-là, mais sache que jamais je ne me serais permis de le lui faire.

C'est violent.

— Je regrette de t'avoir inscrit à ce week-end. Si j'avais pu éviter autant de souffrance de part et d'autre, je l'aurais fait volontiers.

Je reste abasourdi par sa révélation.

— Elle te l'a dit ?

Elle se mord la lèvre inférieure avant de lever les yeux au plafond. Les mots ont dépassé sa pensée, comme souvent.

— Elle m'a appelée hier oui. Bien avant que Thomas ne revienne à la maison.

— Elle a parlé de moi ?

Elle marmonne, ne souhaitant pas en dire davantage.

— Je n'en sais rien, c'était difficile pour tout le monde, je crois. Maintenant, j'ai du travail, tu veux bien ?

Elle s'oriente vers la porte, prête à actionner la poignée. Je l'arrête dans sa lancée.

— Attends. Ce n'est pas tout.

J'avale ma salive et tente de porter les testicules qui ne me servent plus depuis un petit bout de temps.

— Il faut que je la joigne.

Ses yeux font un bond. Elle refuse catégoriquement. Ses hochements de tête sont pourtant en désaccord avec sa langue qui articule.

— Putain Pacôme ! Tu n'imagines pas dans quel merdier tu me fous. Tu fais chier.

Je la vois sortir son portable et griffonner quelques chiffres sur un de mes Post-it.

— Je ne veux même pas connaître la raison. Mais bordel ! Elle a déjà assez souffert, tu ne crois pas ?

Je sais pertinemment que oui. Pourtant, la porte est à peine fermée que je m'empresse de pianoter le numéro de Sophia.

Je suis complètement paniqué lorsque j'entends la sonnerie retentir. Mon esprit se radoucit à l'écoute de sa voix.

Cette fois, c'est elle.

ALICE

Au milieu de la cour, je suis brusquement interrompue par cette peste de Justine. Je ne comprends qu'un mot sur deux de ses propos. Il s'agit d'Hugo a priori. Je me tourne en sa direction.

— C'est quoi ton problème ?

Je pousse légèrement son épaule de ma main, pour l'écarter de mon chemin. Ce n'est pas le moment de m'ennuyer, et encore moins de me parler de lui.

Elle revient à la charge.

— Je t'interdis de me heurter. La prochaine fois…

Je ne lui laisse pas l'occasion de terminer son propos que mon fou rire est à son apogée.

— Qu'est-ce qu'il y a de si drôle ?

Son interrogation est compréhensible. Cet éclat est un moyen de me protéger, non pas envers cette fille qui tente de me blesser par tous les moyens, mais contre les pensées qui m'assujettissent depuis ce matin.

— Écoute, je suis désolée, mais je n'ai pas le temps pour tes conneries.

J'ignore sa remarque et avance vers la salle de classe.

Je n'ai vu ni Valentine ni Hugo ce matin. La journée risque d'être pénible.

L'histoire de la Chine et de sa montée en puissance pourrait me passionner si j'en avais quelque chose à faire de ce Mao Zedong ou du professeur monotone qui expose son cours. Je relis en boucle le énième message d'Hugo qui me demande des explications sur ma fuite d'hier.

J'essaie de me concentrer par tous les moyens, en jouant avec ma gomme d'une part et en serrant le poing de l'autre. Aucune de mes mains n'a envie d'écrire. L'hippocampe de mon cerveau est à la tâche pour me remémorer cette scène à laquelle je n'aurais jamais souhaité assister. C'est comme si, soudainement, mon corps tout entier était enfin capable de se souvenir.

Je n'ai pas voulu inquiéter mon père ce matin, mais il avait raison.

Ce sont des bribes qui me reviennent progressivement depuis quelques heures déjà, des sons, des images. Tout est disloqué et flou.

Quand la fin du cours sonne, je me précipite vers les toilettes, espérant me rafraîchir un peu. J'ouvre la cuvette et laisse mon petit-déjeuner s'évader par morceaux.

Cette fois, la chronologie de cette scène semble plus limpide que jamais.

Je joue tranquillement avec mes poupées. J'ai envie de leur cuisiner quelque chose pour le repas du midi. Je m'approche de la table où sont posés les assiettes et les couverts. Je m'empare du pain et du couteau pour le couper. N'ayant pas une manualité très habile, j'entaille brusquement mon doigt qui s'empresse de dégouliner de sang. J'en ai partout sur la main et mes vêtements. Je ressens encore la douleur aujourd'hui. J'entends mes cris enfantins de détresse sans que ma mère ne puisse y accourir. Je m'approche de la chambre pour chercher son réconfort et sa voix apaisante. J'ouvre la porte et y trouve son corps sur le lit, somnolent. Un ami de ma mère est à ses côtés et lui enfonce une seringue dans le bras. Elle rit aux éclats et est incapable de remarquer ma présence. Ils restent tous les deux à planer comme deux adolescents, pendant que mon doigt semble se vider de son sang. Les larmes coulent durant de longues minutes avant que ma mère ne daigne s'inquiéter. Je peux me rappeler cette furie dans ses yeux et cette colère se déversant sur moi. Elle m'a soignée de la même manière qu'une sauvage, à l'aide d'alcool qui me brûle encore et d'une bande cicatrisante qui « fera l'affaire ». Je n'ai plus dit autre chose depuis ce jour hormis « je veux papa ».

Je vomis de la bile qui se mélange à mes larmes. C'est trop dur.

Pendant toutes ces années, j'ai eu l'impression que ce n'était qu'un mauvais rêve. Je me suis convaincue que ma mère ne me voulait que du bien. Aujourd'hui, mon corps tout entier me fait comprendre qu'elle me rejetait et que l'amour qu'elle me portait, je l'avais fabriqué de toutes pièces.

Je compose le numéro de Marie dans la plus grande détresse.

— Ma puce, je suis en séance. Je peux te rappeler ce midi ?

Ma déception est vaste. Je ravale mes larmes, ne voulant pas l'inquiéter, et prononce les mots suivants avec le plus de maturité possible.

— Oui bien sûr, les souvenirs de ma mère peuvent attendre.

Je raccroche.

Je prends une ultime inspiration et sors finalement des toilettes. J'asperge mon visage d'eau, essuie le mascara qui a coulé et puise dans mes dernières forces pour retourner en cours.

En quittant le couloir, j'observe Hugo et Valentine au loin. Ils semblent plus proches que jamais. Elle dégage une mèche de ses cheveux en souriant.

Une deuxième nausée me prend. Cette fois, j'en ai trop vu pour aujourd'hui. Je me précipite vers la sortie.

C'est terminé.

PACÔME

Je n'en reviens toujours pas qu'elle ait accepté ce verre. Sa voix résonne encore en moi.

Elle prend un train ce midi pour me rejoindre. Elle a expliqué à son équipe que Joséphine, une amie, requérait ses services.

J'ai rencontré quelques difficultés pour la convaincre, mais je crois qu'elle a autant besoin que moi de cette discussion.

Mon sourire est communicatif depuis ce matin. Thomas frappe à mon bureau pour en savoir plus.

— T'as l'air bête aujourd'hui. Il t'arrive quoi ?

Lui révéler la vérité n'est sûrement pas une bonne chose, mais je n'ai pas l'habitude de mentir à mes meilleurs amis.

— Sophia arrive.

Il me regarde ahuri.

— De quoi tu me parles ?

— Elle vient ici.

— À l'agence ? Pour toi ?

Je comprends bien que tout ça soit difficile à assimiler. Je ne sais pas moi-même ce que l'on va se dire.

— On se retrouve en ville dans une heure. Elle veut clarifier les choses, je crois.

Thomas est perplexe. Il n'a pas envie de me vexer dans ses propos, mais je l'incite tout de même à les développer.

— C'est juste que... Tu t'emballes un peu, j'ai l'impression. Tu oublies le mal que ça t'a fait de la revoir ce week-end et... Je te rappelle qu'elle va se marier. Si elle vient aujourd'hui, c'est probablement pour t'en parler, même si je ne crois pas qu'elle ait besoin de ton accord pour ça.

Les mots sont justes et douloureux, mais je ne peux m'empêcher de sourire en pensant à sa silhouette s'approchant de ma table en terrasse.

— Elle n'a pas non plus la nécessité de me revoir pour lui dire oui.

Il ferme les yeux, cessant de vouloir ouvrir les miens sur la situation. C'est toujours peine perdue lorsqu'il s'agit d'elle. Il le sait.

Les minutes me paraissent une éternité dans l'attente d'entendre ses talons résonner sur les pavés.

Soudain, j'aperçois de longues jambes s'approcher de moi. Je les reconnaîtrais parmi mille autres. Elle porte une robe fleurie et des escarpins aussi hauts que dans mes souvenirs.

Elle est magnifique. Elle me sourit en retour, avant que son visage ne se ferme tout à coup.

Je me lève de ma chaise pour la saluer. Elle s'assied immédiatement.

— Je ne suis là que pour une heure. Le prochain train est à dix-sept heures quarante-trois.

Je tente de camoufler la déception qui s'empare de moi. Elle est venue, c'est déjà ça. J'ignore à quoi je m'attendais.

— Ce sera parfait. Tu veux boire quelque chose ?
— Une boisson sans alcool, s'il te plaît.

Je pars en direction du comptoir, pour prendre commande. Je la vois sortir son téléphone et passer un coup de fil.

Je reviens rapidement, son jus de fruits dans la main gauche, ma bière dans l'autre. J'assiste, à contrecœur, à des embrassades à distance. Je devine à qui ces mots sont adressés.

— Excuse-moi, Martin était un peu inquiet que je parte au dépourvu ce midi.

Sa remarque me retourne l'estomac. Elle lui a dit.

— Ah oui, bien sûr, je comprends. C'est ton futur mari après tout.

Elle boit une gorgée sans trinquer, gênée par l'atmosphère qui règne.

Il y a tant de choses que j'aimerais lui dire et, pourtant, aucun son ne sort de ma bouche. Comme si j'étais inerte. Elle finit par briser ce silence éreintant.

— Josie m'a dit que l'agence avait pris du galon depuis que vous la portiez, Thomas et toi. Je savais que je faisais un bon choix en te laissant la direction.

Mes joues s'empourprent, légèrement flattées par sa remarque.

— Tu étais bien meilleure que moi.

Mon compliment la touche.

— J'ai finalement trouvé ma place ailleurs.

— Où travailles-tu maintenant ?

Ma demande se veut bien plus curieuse que réellement intéressée.

— Dans une petite agence de presse parisienne, orientée dans l'environnement et la santé.

J'exécute un mouvement de tête vers l'avant, impressionné.

— Tu en es la directrice ?

— Martin, oui. J'ai été promue rédactrice en chef deux ans après mon arrivée.

J'essaie de masquer la tristesse qui s'empare de moi. J'aurais dû me douter qu'ils travaillaient dans la même agence. Elle a un penchant pour les hommes du monde journalistique. À croire que je n'étais pas une exception.

— Depuis quand êtes-vous ensemble ?

Elle ouvre grand les yeux.

— Bientôt six ans.

Je ne m'attendais pas à moins.

— Et toi ?

Je suis surpris qu'elle ose me poser la question en retour. Je panique un peu à l'idée de ma réponse. Je me sens soudainement pris de court.

— Je vis toujours avec la femme de ma vie, au moins jusqu'à sa majorité.

J'esquive du mieux que je peux, espérant semer en elle le doute d'une potentielle compagne.

— J'allais t'en parler. Comment va-t-elle ?

Je perçois une émotion forte dans ses yeux quand elle évoque Alice. Je sais à quel point il lui a été difficile de ne plus s'occuper d'elle du jour au lendemain. Elle n'a cessé de demander des nouvelles à Joséphine pendant toutes ces années. Joséphine ne m'a jamais affirmé qu'elle en posait sur moi, mais j'ai l'intime conviction que Sophia connaît bien plus de choses de ma vie que je n'en sais moi-même.

— L'adolescence est compliquée. Je m'y attendais un peu.

— Elle tient sûrement ça de son père !

Elle rit pour la première fois depuis qu'elle est arrivée. C'est apaisant. Jamais je n'aurais pensé qu'un rire me manquerait autant.

— Il faut admettre que j'anime bien sa colère.
— Pourquoi tu dis ça ?

Je réfléchis à la façon dont je pourrais tourner les choses.

— Je lui ai avoué que je n'étais pas son père cet été.

Elle recrache une gorgée dans son verre.

— Ce n'était pas simple, mais il était temps qu'elle sache. Seulement depuis, c'est difficile à la maison. Un moment j'ai l'impression d'être pardonné et l'instant d'après elle m'en fait baver. J'imagine que je l'ai bien mérité.

— Bien sûr que non. S'il y a bien une personne ici qui a le droit d'être heureuse, c'est toi. Ne t'en fais pas pour Alice, je sais à quel point l'adolescence peut être révoltante lorsqu'on a la sensation que le monde entier se joue de nous.

Je me demande de quelle manière elle parvient à me rassurer après toute l'aversion qu'elle éprouve pour moi. Cette femme est si douce.

— Tu ne devrais pas penser ça.

Elle ouvre la mâchoire pour répondre, mais se ravise aussitôt.

— Je suis tellement désolé de ce qui nous est arrivé. De nombreuses fois j'ai espéré que ça ne se soit jamais produit.

Son regard se durcit tout à coup. Elle est plus forte que jamais. Elle n'est plus la femme vulnérable et amoureuse que j'ai rencontrée.

— Aujourd'hui, je suis réellement épanouie. Si c'était le prix à payer pour ce genre de bonheur alors j'imagine que ça devait avoir lieu.

Je suis complètement abasourdi, je n'y crois pas une seule seconde.

— Comment tu peux dire une chose pareille ?

— J'ai de superbes amis, une vie paisible dans une petite maison de banlieue, un futur mari qui me donne tant et plus aucune relation toxique pour me retenir. Alors oui, je le dis.

C'est d'une extrême violence. Mes mains tremblent. J'ai envie de m'échapper à l'autre bout de la ville. Pourtant, je l'ai décidé, cette fois, je resterai.

— Tu crois que tout ça vaut l'événement qui nous est arrivé ?

Je pique où ça fait mal et je sens que ses propos n'ont plus aucune crédibilité.

— T'es dur.

Elle se lève d'un coup, préférant prendre la fuite. J'attrape sa main en chemin. Elle s'arrête brusquement, me tournant le dos.

— Ta main moite trahit tes mots. Je sais encore quand tu mens. Tu peux prétendre que ta vie parfaitement rangée te convient, mais le fait que tu sois là, à siroter un verre avec moi, me prouve le contraire. À quoi tu t'attendais en venant ici ? À me cracher ce venin que tu prépares depuis toutes ces années et à partir aussi vite que tu es arrivée ?

Mes propos s'enchaînent, ne lui laissant aucune riposte possible.

— Je t'en prie, ne me fais pas croire que ton bonheur valait autant de pertes ! Mais vas-y, si tu veux, cours rejoindre ton gentil mari qui t'attend à la maison si c'est ce qui te rend heureuse et je te promets de ne plus jamais t'appeler.

Je regrette déjà mon impulsivité qui me fait trop souvent basculer vers l'homme cruel que je ne suis pas.

— Toi, que voulais-tu en me demandant de venir ici ?

De tous les scénarios que je m'étais imaginés depuis ce matin, je suis loin d'avoir préparé cette réponse.

— Te récupérer, pour de bon.

Lorsqu'elle se retourne vers moi, j'aperçois les larmes qui se sont échappées depuis qu'elle a quitté cette table.

— Tu n'as pas le droit de me demander ça. Laisse-moi partir, je t'en prie.

— Si je le fais, je nous condamne tous les deux à ne jamais être pleinement heureux. Tu le sais.

Nous restons comme deux idiots à nous dévisager. Sans qu'aucun de nous ne soit capable de prononcer quelque chose qui signerait l'achèvement inévitable de cette histoire pourtant sans fin.

Sans savoir ni comment ni pourquoi, c'est elle qui craque finalement.

— Tu habites toujours dans cet appartement ?

ALICE

Le lycée appellera sans doute mon père avant que je n'aie le temps de le rejoindre, mais tant pis. Je fonce. Mon allure est décidée, mon esprit entier explose. J'ai envie de crier sur tous les passants qui croisent mon chemin, même s'ils n'y sont pour rien. Ils n'ont pas connu ma mère. Quelle chance !

Mon portable n'arrête pas de sonner. Je n'ai même pas besoin de regarder le numéro qui s'affiche. Je sais que c'est Hugo, encore une fois. J'aimerais qu'il me laisse tranquille. J'éteins mon téléphone, certaine de ne plus vouloir communiquer avec qui que ce soit.

Je ne peux pas dire que l'odeur de ce quartier m'ait réellement manqué, mais les souvenirs qui s'y trouvent sont bien plus précieux. Je pousse le portillon qui donne accès à ce petit parc de banlieue où mon père m'a souvent emmenée. Lorsque nous avons quitté ce taudis qui nous servait d'appartement, j'ai seulement regretté l'effluve des sapins autour des balançoires.

J'observe les enfants rire aux éclats. Je pense à mon père de l'autre côté du trébuchet qui me laissait croire à la possibilité de m'envoler dans les airs s'il s'y asseyait de tout de son poids.

Ces années avec lui me manquent. Je lui ai fait vivre un enfer quand nous avons déménagé. J'avais beaucoup de copines ici. Elles étaient issues de tous les milieux sociaux et animées par l'envie de briller. Le nouveau quartier qui nous a accueillis n'avait rien à voir avec celui-ci. Les pavillons étaient certes moins insalubres, mais les gens étaient plus dans le paraître que dans la spontanéité. Pourtant, en quelques mois, je suis devenue une vraie citadine des beaux quartiers avec mon amie Valentine.

Les larmes me montent en pensant à elle. Je ne peux pas croire qu'elle me trahisse après autant d'années de complicité. J'allume mon portable, voulant la joindre pour avoir des explications. J'observe l'horloge indiquer onze heures et me ravise. Elle ne me répondra pas en cours.

J'ai manqué quelques appels de mon père. Je m'empresse de lui donner de mes nouvelles. Je comprends son inquiétude et, cette fois, ce n'est pas l'effet escompté.

Je tombe sur sa messagerie.

— Papa, c'est moi. J'imagine que le lycée t'a contacté ce matin. Je suis désolée, je ne me sentais pas très bien, je pense que je suis malade. Je n'ai pas voulu t'embêter pour venir me chercher. J'ai appelé Marie qui s'en est chargée, je croyais qu'elle te l'avait dit. Elle me ramène ce soir à la maison. Je t'embrasse.

Je déteste mentir à mon père, mais c'est mieux ainsi. J'envoie un message à Marie pour la prévenir de ma combine. Je m'attends à ce qu'elle me téléphone à sa pause-déjeuner pour venir me trouver.

J'erre une bonne partie de la journée, me prélassant au soleil en essayant d'oublier les images de ce matin qui tournent en boucle. Il est seize heures lorsque je me décide enfin à partir. Je suis exténuée.

Je réfléchis au dîner que je vais préparer à mon père. Je commence à mieux comprendre sa souffrance quand je pense à cette mère indigne. J'ai tant de questions à lui poser et d'incohérences à éclaircir.

J'ai besoin de lui.

Il rentrera tard, comme la plupart du temps. J'enfile mon plus beau jogging et ouvre une des dernières lettres que cette femme a écrites à mon père.

« Aujourd'hui est particulier. Je peux désormais lire sur ton visage tout l'amour que tu me portes. Ce sentiment est indescriptible. Lorsque ton regard se pose sur moi, c'est comme si plus rien ne pouvait m'atteindre. Je suis convaincue de notre histoire depuis l'instant où tu m'as officiellement présentée à ce petit bout, ou devrais-je dire à la meilleure partie de toi. Celle qui fait de toi un être formidable. Je ne doute plus du père que tu es et seras pour toujours. Les larmes me montent lorsque Alice affirme m'aimer comme sa maman. Je ne prétendrai jamais la remplacer, mais j'espère de tout cœur être une figure maternelle à laquelle elle pourra se raccrocher. Nous sommes devenus une famille, et quoi de meilleur que des êtres unis par ce lien si puissant ? À partir de maintenant, notre vie à tous les trois va changer. *La femme la plus heureuse du jour.* »

Je n'arrive pas à croire que cette femme, qui a l'air d'avoir beaucoup compté dans nos vies, se soit échappée de ma mémoire.

Après tout, si mon esprit a tenté d'effacer les pensées traumatisantes de ma mère, il a très bien pu en faire de même pour cette femme.

En pliant la lettre, j'entends soudainement la porte d'entrée s'ouvrir et des talons retentir dans la maison. Je m'approche discrètement du couloir pour percevoir ce qu'il se passe.

Mon cerveau rallume alors toutes les brèches en une fraction de seconde. Les souvenirs se bousculent un à un.

Ce visage est apparu dans tant de rêves depuis toutes ces années. Je sais que c'est elle, la femme des lettres.

PACÔME

Sophia ne m'adresse aucun mot dans la voiture pendant que je la conduis jusqu'à mon domicile. Elle observe seulement les paysages qui jonchent le chemin.

Je coupe le moteur dans l'allée et l'invite à me suivre. Elle hésite longuement avant d'entrer. Elle semble étonnée.

— C'est… C'est différent de ton appartement.

Je ris à sa remarque. Je ne sais même pas s'il est vraiment possible de comparer ces deux lieux d'habitation.

— Vous avez du goût, Joséphine avait raison.

Elle trahit toute seule les informations récoltées auprès de son indicateur.

— Alice y est pour beaucoup. Si ça ne tenait qu'à moi, je suppose qu'il y aurait davantage de murs blancs.

Elle sourit.

Je lui fais signe de s'asseoir sur le canapé si elle le souhaite. Malgré quelques secondes d'embarras, elle s'y installe, les genoux légèrement tremblants.

— Je te sers quelque chose ?

— Merci, mais mon train part bientôt. Je ne vais pas abuser de ton temps. C'était… Stupide.

Elle se relève d'un coup, la tête chancelante et les idées plus confuses que jamais. Je tente alors une énième fois de la retenir, un verre d'eau à la main.

— Ne me fais pas croire qu'il n'y en a pas un autre un peu plus tard et encore moins que tu n'as pas envie d'être ici. C'était ta demande.

Elle attrape mon verre et le bois d'une traite. J'ai toujours aimé la pousser dans ses retranchements.

— Je savais que ce n'était pas une bonne idée de faire le déplacement. Ça ne fait que raviver de mauvais souvenirs que je préférerais ne jamais déterrer.

Je fais un pas vers elle.

— Pourtant tu es là, alors reste encore un peu.
— À quelle heure rentre Alice ?

Je réfléchis un instant à cette journée particulière et me rappelle le message vocal laissé ce midi.

— Elle est chez Marie, j'irai sans doute la chercher tout à l'heure.

Sophia pousse un soupir de soulagement.

— Je préfère ne pas la croiser, ce serait trop difficile.

J'acquiesce, certain que c'est la meilleure chose à faire.

Au même moment, je crois entendre une porte se fermer. J'appelle ma fille, mais je n'obtiens aucune réponse. J'ai sûrement halluciné en parlant d'elle.

— Tu me fais une visite ?

Je suis content qu'elle me le demande. Elle me suit dans chaque pièce, le sourire aux lèvres. Cette maison semble lui plaire, du moins bien plus que mon ancien appartement.

Cette jovialité quitte immédiatement son visage lorsque nous entrons dans la chambre d'Alice. Elle observe les photos disséminées de-ci de-là.

— Elle est si belle. J'aurais aimé voir grandir cette jeune femme.

J'ignore pourquoi elle paraît autant touchée, persuadé que Joséphine lui a déjà montré des photos d'Alice.

Je ne réponds rien.

Je termine par ma chambre, peu fier de l'y emmener. Elle m'arrête avant que je n'aie le temps d'ouvrir la porte.

— Si c'est ta chambre, je ne veux pas entrer.

Mon cœur fait un bond. Je respecte sa demande et l'invite à descendre pour regagner le salon.

Sophia est fuyante. Elle observe chaque détail de la pièce pourvu qu'elle n'y trouve pas mon regard. Je bloque soudainement ses poignets, la contraignant à me faire face.

— Lâche-moi Pacôme, tu me fais mal.

Je m'exécute prestement, ne détournant pas les yeux pour autant. Ce que j'y découvre dans les siens est si profond, si envoûtant. J'approche mon visage du sien, ne laissant plus que quelques centimètres nous séparer. Elle redresse le menton, prête à relever le défi. Un sourire malicieux s'échappe de mes lèvres. Je sais que je peux remporter la partie.

Les secondes sont longues et intenses avant que l'un de nous ne daigne réagir.

Nos nez se rassemblent et se frottent lentement. Je ne peux m'empêcher de passer ma main dans ses cheveux, les tirant en arrière. Elle vacille, mettant de côté toute sa rancune, ou s'en servant pour mieux me désirer.

Elle caresse ma pommette dans un élan de tendresse, en souvenir de nos doux moments. Cette fois, c'en est trop. À l'instant où je pose mes lèvres sur les siennes, un mélange de nostalgie et de tentation me parcourt.

L'action est très vite écourtée. Ma joue me brûle soudainement. J'observe Sophia, plus en colère que jamais. Cette scène, qui devrait me donner l'envie de pleurer comme un lâche, me revigore bien plus encore.

J'oublie subitement toute la souffrance infligée, toute la douleur ressentie dans l'entièreté de mon être, toute la détresse, toute l'animosité, tous les sentiments qui me font basculer dans l'obscurité, pour ne laisser place qu'à l'amour que je lui porte depuis tout ce temps.

Je presse alors mes lèvres sur les siennes dans une seconde tentative bien plus affirmée. Je sens une réciprocité fébrile, mais persévérante. Je l'attrape par la taille et ses jambes s'enroulent spontanément autour de moi. Je glisse mes mains sous sa robe, caressant son dos de toutes mes forces. Elle s'agrippe à ma nuque. Nos langues se rencontrent comme si elles ne s'étaient jamais quittées.

— Ta chambre.

Mes poils se hérissent. Je la fais descendre. Elle me suit, son corps entier tremble. Je ne saurais dire s'il s'agit de la panique qui la gagne ou du désir qui la consume.

J'ouvre la porte de ma chambre et l'invite à entrer. Elle demeure un instant sur le seuil, hésitant à le franchir. Elle sait pertinemment qu'une fois l'acte réalisé, il n'y aura plus aucun retour en arrière possible.

Elle referme la porte derrière elle, faisant glisser sa robe à ses pieds.

Bordel qu'elle est belle.

Je contemple un moment cette silhouette qui me fascine puis reste bloqué sur les cicatrices qui parsèment son corps. Elle le perçoit et les recouvre de ses mains. Ma gorge se noue tout à coup, mais je tente de taire mes émotions qui ne conduiraient qu'à gâcher ce moment.

Je me rapproche d'elle, posant mes lèvres sur son cou. Je couvre sa peau de baisers, longs et passionnés. Je ne peux m'empêcher de m'arrêter sur l'une de ses entailles.

Je serre les dents. Elle relève soudainement ma tête vers elle, les larmes aux yeux.

— Je veux partir Pacôme. Emmène-moi à la gare, je t'en prie. Ma place n'est plus ici.

J'ai tout gâché. Encore. Toujours.

ALICE

Après un long moment de doute, je profite de l'éclipse de mon père et de cette femme vers le salon pour sortir de la maison.

J'ai eu envie de la confronter, de lui poser tout un tas de questions. J'avais besoin de hurler. Pourtant je me suis juste tue, me rappelant ces lettres passionnées. Je ne sais pas ce qu'elle fait ici. J'ignore si mon père cache cette relation depuis tout ce temps, mais mon pressentiment m'a simplement dit de partir et de le laisser régler ses histoires seul.

Alors je prends la fuite, pour la deuxième fois de cette journée.

J'appelle Marie sur le chemin. Elle vient immédiatement me chercher. Je l'attends au bout de ma rue, le cerveau en ébullition.

J'aperçois sa voiture s'approcher au loin. Je ne peux m'empêcher de sourire. Comme ça fait du bien de voir une personne rassurante.

Je monte sur-le-champ et commence mon monologue avant même que Marie ne me pose une seule question.

— J'ai l'impression que c'est un mauvais rêve, qu'on me fait une blague aujourd'hui. Entre les souvenirs de maman qui me sont revenus, Hugo et Valentine qui flirtent ensemble et la Sophia de papa qui était à la maison. Dis-moi que rien de tout ça ne s'est produit, s'il te plaît ?

Elle reste bouche bée, complètement figée par mes annonces. J'ignore laquelle d'entre elles la choque le plus, mais de longues secondes s'écoulent avant qu'elle ne finisse par réagir.

— Tu peux tout reprendre dans l'ordre ma puce ?

Je ne sais plus par quel bout débuter.

— Tu crois que c'est possible que ma meilleure amie me trahisse au point d'aimer la même personne que moi ?

Elle réfléchit.

— Gabi l'a plus ou moins fait à l'époque...

Je reste muette. Je ne suis pas sûre de comprendre ce qu'elle veut dire, mais je sens que ça va m'intéresser.

— Ton père était déjà une vraie tête de mule. J'imagine que c'est ce qui me plaisait chez lui. Je l'ai longtemps, très longtemps aimé avant que Gabi ne se révèle finalement à moi. Je n'ai jamais su si ton père avait développé quelques sentiments pour moi, mais toujours est-il que, c'est avec son meilleur ami que j'ai eu ma plus belle histoire.

J'en apprends tous les jours. J'ai la désagréable sensation de ne pas connaître mon père si bien que ça. Parfois, je me demande si, délibérément, je refusais d'en savoir plus. Comme si je croyais qu'en creusant, je m'exposais à une douleur. Comme si j'en étais déjà avertie.

— Si je n'ai pas assez de sentiments pour Hugo ou du moins pas assez de cran pour les lui avouer, je devrais le laisser partir avec quelqu'un qui l'aime vraiment ? Même si c'est avec ma meilleure amie ?

Le prononcer m'arrache le cœur.

— Je l'ignore, mais tu sauras très vite si ça te brise bien plus que tu ne le prétendais. La seule chose que tu dois croire, c'est que la trahison ne doit pas avoir lieu. Ils te doivent d'être sincères avec toi. Même si celle-ci blesse, la vérité est la base d'une amitié. Si ce n'est pas le cas, alors tu n'as plus rien à leur offrir.

Marie a toujours les mots justes. Je commence à comprendre pour quelle raison mon père a préféré faire d'elle sa meilleure amie. Il faut aussi dire que le couple qu'elle forme avec Gabi est merveilleux.

Elle parvient à démêler un sac de nœuds dans ma tête et je suis déjà plus libérée que tout à l'heure.

Nous arrivons à son domicile avant que je n'aie le temps d'évoquer les sujets suivants. Ceux qui, je le sais, nécessiteront plus que quelques phrases apaisantes pour que je me sente mieux.

J'embrasse Gabi qui joue à la dînette avec la petite. Louise me saute dans les bras et me supplie de remplacer son père qui est, je le cite, « trop nul comme vendeur ». Je ris et lui demande de patienter un peu avant que je ne la rejoigne.

Marie m'invite à la suivre sur la terrasse, deux verres de menthe à l'eau dans les mains.

— Pourquoi tu penses que Sophia était chez vous ?

— Je sais que c'était elle. En la voyant, ses cheveux en chignon haut, son allure classe, son sourire lumineux. C'était elle, c'est tout.

Elle réfléchit un instant.

— J'ai rêvé de cette femme pendant des années. En la voyant, j'ai eu comme une révélation. J'ai l'estomac retourné, Marie...

Les larmes me montent directement aux yeux.

— Que penses-tu savoir Alice ?

Elle m'invite à puiser au plus profond de moi et à me souvenir de choses que je n'imaginais exister que dans mes rêves. Marie sait tout. Je regrette qu'elle ne veuille rien me dire.

— Elle a vécu avec nous, pas vrai ?

Marie hoche la tête.

— Je l'aimais beaucoup, je crois.

Ses paupières se ferment pour contenir les larmes qui cherchent à me suivre.

— Pourquoi papa m'a caché qu'il la voyait toujours ?

Elle écarquille les yeux, surprise de ma question.

— Ce n'est pas le cas Alice. Je suis aussi étonnée que toi. Si tu dis vrai, je ne sais pas non plus pourquoi elle était là. Tout ce dont je suis au courant, c'est qu'il l'a croisée le week-end dernier. Il était chamboulé… Je te demande juste de faire attention à lui. En ce qui les concerne, je crois que ce sont des affaires d'adultes. Je n'interviendrai pas non plus s'il ne le demande pas explicitement. Fais-en de même, je t'en prie ma puce… Laisse ton père régler ses histoires à sa façon.

Je suis rassurée qu'il ne m'ait pas menti au point de me dissimuler cette relation, qui, visiblement, n'existe plus depuis longtemps. J'aimerais ne pas agir, mais j'ai l'impression d'être bien plus concernée que je ne le devrais.

— Pourtant je me sens coupable. J'ai la sensation d'être la raison de leur séparation.

— Crois-moi, tu as été bien plus fixatrice de leur amour que tu ne le penses.

Je ne suis pas sûre de saisir, mais l'idée calme mes inquiétudes.

Il me faut quelques minutes et beaucoup de larmes avant que je n'évoque ma mère.

— J'ai idéalisé maman. Pendant tout ce temps, j'ai imaginé que papa était responsable de sa mort. Maintenant, je commence à comprendre qu'il m'a épargné la réalité pour me protéger. J'ai peur de la connaître, Marie…

J'explose. Prononcer à voix haute toutes mes angoisses ne fait que les exacerber.

Elle me prend dans ses bras. Je perçois très vite que la vérité sera dure à entendre.

— Lui seul pourra te répondre au mieux.

Il le faudra.

PACÔME

— Monsieur vous m'entendez ? Prenez ma main.

Une impression de déjà-vu me parcourt. Cette scène, je l'ai vécue tant de fois auparavant.

Le goût métallique dans ma bouche réveille une fureur irrépressible. Je me relève, déterminé à en finir. Le second poing m'achève. Je me trouve projeté à quelques mètres, faisant basculer au passage une chaise ou deux du bar. Le videur intervient rapidement, virant mon bourreau ou mon sauveur d'un certain point de vue.

La jeune serveuse se penche de nouveau vers moi pour examiner ma conscience.

— C'est bon, c'est bon, tout va bien.

Elle a le même sourire que Sophia, ça me donne la nausée.

Le videur s'approche de moi.

— Rentrez chez vous. Vous me faites pitié.

Il me jette comme un malpropre. Dans le genre abruti, il est plutôt dans le haut du panier. Je pourrais le provoquer, mais mon nez a suffisamment souffert ce soir.

Je sors sur le parking, espérant que le type ne m'y attend pas. La voie est libre.

J'allume une cigarette tant bien que mal, mes jambes vacillent légèrement.

— Je peux appeler quelqu'un pour venir vous chercher ?

Elle me sourit encore. Il faut croire que les hommes qui se battent donnent des envies à certaines. Plus jeune et plus con, je l'aurais sans doute ramenée chez moi pour la chevaucher, mais le respect et le désintérêt sont aujourd'hui bien plus ancrés dans ma personnalité.

Je lui réponds que je vais me débrouiller et me contente de la remercier poliment.

J'observe l'écran de mon portable. Sophia m'a écrit.

« Tu as raison, je regrette ce qu'il nous est arrivé du plus profond de mon cœur. Je croyais notre amour plus fort que tout, mais ce n'était pas le cas. Oui, je ne serai sans doute jamais pleinement heureuse comme tu le dis si bien, mais je considère qu'un demi-bonheur vaut mieux qu'un bonheur entier superficiel. Je te souhaite toujours le meilleur. J'espère qu'il en va de même de ton côté. Si j'ai raison, alors tu me voudras épanouie dans mon mariage. Avec tout mon amour, éternellement. *Sophia*. »

J'ai tellement de haine en moi. J'ai envie de crier et d'arracher toutes mes cellules connectées à cette femme. Je suis condamné à une vie amoureuse entièrement vide. J'ai tout raté, aussi bien avec Chloé qu'avec Sophia.

Au moment où je me sens l'amant le plus ridicule qu'il soit, ma fille me remémore que je suis, malgré tout, un père fantastique.

« Appelle-moi quand tu auras ce message. Je t'aime papa. »

La tête me tourne soudainement. Le dernier coup m'est fatal cette fois.

Mon corps s'étale contre le sol et mes pensées s'éloignent.

Comme c'est apaisant lorsque le bouton off du cerveau est activé. Je souhaiterais que ce soit toujours le cas.

ALICE

Je suis toujours dans une discussion profonde avec Marie lorsque j'entends Gabi s'écrier à l'autre bout de la pièce. Il se précipite vers nous.

— C'est Pacôme, il est aux urgences !

Mon cœur fait un bond et se met à battre à mille à l'heure. Tout à coup, c'est mon corps entier qui frissonne. Gabi me prend la main pour me rassurer.

— D'après la personne que j'ai eue au téléphone, il n'a rien de grave, une légère commotion cérébrale. Tout ira bien.

— Je veux le voir.

Décidément, cette journée est fabuleuse.

Nous partons tous les deux à l'hôpital, laissant Marie garder Louise.

Je suis incapable de prononcer un seul mot dans la voiture. Tant que je n'aurai pas vu moi-même qu'il va bien, mes palpitations ne se calmeront pas.

Je hais ces odeurs aux urgences. Je me rappelle y être allée petite. Je repousse toujours en moi la raison de ma venue. Je préfère croire qu'il ne s'agissait que d'un mauvais rêve, comme l'instant que je suis en train de vivre.

J'ouvre la porte de sa chambre avec appréhension avant de découvrir son corps allongé sur le lit. Son nez est plâtré et il présente quelques hématomes sur le visage.

Je ne parviens pas à ravaler mes larmes. J'accours à son chevet immédiatement. Je me sens rapidement rassurée lorsqu'il m'encercle de ses bras.

— Je suis désolé de t'avoir effrayée Alice. Ce n'est rien, je me suis retrouvé dans une embuscade dans un bar. Je n'ai pas vu les coups partir, c'est tout.

Je ne sais pas si je dois le croire, mais je n'ai pas envie de chercher plus loin. Il va bien et c'est tout ce dont j'ai besoin.

Gabi est soulagé, lui aussi.

Peu de temps après, un médecin entre vérifier que son état justifie une sortie.

Gabi nous raccompagne jusque dans l'allée avant de nous saluer.

Je me pose sur le canapé, épuisée par cette journée interminable.

Mon père prend la parole en premier.

— Pourquoi as-tu séché aujourd'hui ? Je veux bien écrire un mot pour le lycée demain, mais ton excuse a intérêt d'être crédible. Je sais pertinemment que tu n'étais pas malade, je te connais.

Il endosse rapidement son rôle de père, espérant sûrement que je ne le cuisinerai pas à mon tour.

— Pourquoi t'as laissé maman s'occuper de moi pendant tous ces mois ? T'étais où quand j'avais besoin de toi ?

Il n'est pas préparé à cet interrogatoire, mais je l'interdis de fuir une nouvelle fois. J'exige des réponses, même si je dois en sortir complètement anéantie.

— Je te l'ai déjà expliqué, Alice, elle voulait se retrouver avec toi. Je n'ai pas vraiment eu mon mot à dire.

— Tu me caches des choses, papa. Si tu savais qu'elle se droguait, tu ne l'aurais jamais laissée m'emmener.

Il reste stoïque pendant plusieurs secondes, incapable de me fournir une justification plausible.

— Toutes ces scènes horribles que je revis sans cesse depuis des années, toutes ces bribes de souvenirs que je croyais n'être que des rêves me sont revenues assemblées. J'ai rejoué la plupart des événements dans ma tête toute la journée.

Il se met à trembler. Cette discussion s'annonce bien plus rude que je ne l'avais imaginé.

— Je t'ai cherchée pendant des semaines Alice. Pardonne-moi d'avoir abandonné aussi vite. Je suis désolé. Je le suis vraiment.

Je ne comprends plus rien.

— De quoi tu me parles, papa ? Dis-moi la vérité une bonne fois pour toutes, putain ! Tu ne crois pas que je le mérite ?

— Tout ce que j'ai fait, tout ce que je t'ai caché, c'était uniquement pour te protéger. Lorsque je t'aurai tout expliqué, je réveillerai sans doute en toi bien plus de colère que tu ne penses en avoir en réalité. Tu vas littéralement exploser. Sache que je serai là pour t'aider à te reconstruire, je te le promets. Je l'ai déjà fait et je le referai autant de fois que nécessaire. Même si tu me repousses encore et encore, je serai là.

Il me fait peur, mais rien ne peut m'arrêter à connaître la vérité.

— J'en ai besoin.

Il reprend son souffle. Il est prêt.

— Ta mère avait beaucoup d'addictions. Je ne crois pas pour autant qu'elle ait été une mauvaise mère, mais ça a pris le dessus au fil des années. Elle est venue te récupérer un soir après l'école et je ne t'ai plus jamais revue avant quelques mois. Elle avait peur de te perdre. Elle pensait que je t'enlèverais à elle au moment où je la quitterais. Alors c'est elle qui l'a fait. Elle est partie et t'a emmenée. On t'a cherchée partout Alice, il faut que tu me croies. Puis, très vite, j'ai fini par cesser d'espérer, c'est vrai.

Je l'arrête. C'en est trop. Il poursuit tout de même.

— Tu n'imagines pas à quel point ces mois ont été un véritable calvaire... Alice, je t'ai retrouvée lorsque ta mère est décédée. Je te jure que depuis ce jour, je ne t'ai plus quittée des yeux.

— Elle n'est pas morte d'une maladie, hein ?

Il détourne le regard et finit par acquiescer.

— En quelque sorte.

Il n'a pas besoin d'en dire plus. Je me vois allongée sur son corps.

Mes neurones se connectent un à un, formant des paquets par milliers. Tout me revient petit à petit.

Les cris lorsque maman se piquait et que je ne comprenais pas pourquoi elle se paralysait et devenait stone, les larmes lorsque je m'ennuyais et ne pensais qu'à rentrer à la maison, les rires parfois lorsque maman allait mieux, les disputes entre elle et ses fameux amis, les journées à jouer toute seule, les supplices pour me rendre mon père, maman éternellement plus défoncée, son corps inerte sur ce triste trottoir, mes hurlements, mes bras affaiblis autour d'elle, les croyances d'un simple cauchemar, les sirènes de l'ambulance, l'hôpital, un long sommeil apaisant, le réconfort de mon père, les pleurs toujours, le manque d'une mère, une nouvelle joie, l'oubli et l'effacement. Le refoulement.

Sans savoir pour quelle raison, l'unique personne dont j'ai besoin à cet instant c'est cette femme, Sophia.

PACÔME

Alice claque la porte pour la millième fois depuis que nous habitons cette maison. Je ne devrais même plus y prêter attention, mais aujourd'hui c'est différent. Elle sait tout. Je me sens soulagé d'un poids, même si je culpabilise de lui avoir menti pendant toutes ces années.

J'étais incapable de le lui dire plus tôt. Alice était une enfant fragile sous ses airs durcis. J'ai toujours su que ses cauchemars n'avaient rien d'anodin lorsqu'elle me les racontait toute petite. Elle avait vu des tas de psychologues, tous aussi catégoriques les uns que les autres. Toute cette période, elle l'avait complètement enfouie dans sa mémoire. Il lui fallait du temps pour que cela revienne à la surface. Sans doute un élément déclencheur ou simplement les années qui effectueraient leur travail. Ce jour-là, je le redoutais. Ils me l'avaient dit, une tornade se réveillerait.

J'entends les objets de sa chambre voler en éclats contre le mur et les hurlements d'Alice les accompagner. Cette fois, le tourbillon est activé et moi seul ne pourrai l'arrêter.

La situation m'échappe totalement. Je tente alors de joindre l'unique personne qui pourrait m'aider.

— Pacôme, pourquoi tu m'appelles ?

J'explose en sanglots. Il m'est impossible de parler.

— Pacôme ? Qu'est-ce qu'il se passe ?

J'essaie de me ressaisir, mais c'est trop difficile. J'entends toujours Alice briser nos souvenirs dans sa chambre. J'ai l'impression que plus rien ne pourra être comme avant. On était si heureux.

— Je perçois des cris, tu me fais peur. Réponds-moi, je t'en prie.

Je me concentre uniquement sur sa voix, bredouillant un semblant de phrase.

— Elle… Elle sait tout… Elle sait tout sur sa mère.

Un silence pesant s'installe avant qu'elle ne daigne réagir.

— Pacôme… Je suis toujours à la gare.

Alice descend l'escalier à toute allure, je me précipite vers l'entrée pour lui faire face. Elle me repousse de sa main. Je ne pourrai pas l'arrêter et je n'ai certainement aucun intérêt à le faire.

— Dis-moi juste où tu vas Alice ?
— Le plus loin possible de toi.

C'est mérité.

Je reprends le combiné, complètement paniqué.

— J'ai entendu. Ne t'en fais pas, je crois qu'Alice est suffisamment grande. Laisse-lui le temps de digérer tout ça.

Elle a sans doute raison, mais mon instinct de père ne lit que le pire des scénarios.

— Et si elle faisait une bêtise ?
— Tel que Josie me l'a décrite au fil des années, je pense qu'elle est bien plus tenace que tu ne l'imagines. C'est son père tout craché.

Mon cœur se calme peu à peu jusqu'à retrouver un rythme de repos. Je choisis de faire confiance à Sophia et de croire au roc que ma fille s'est constitué depuis son plus jeune âge.

— J'arrive te chercher.

Je suis bien décidé à améliorer le fil de cette soirée.

ALICE

Tout se mélange dans ma tête. Je revois les scènes que je pensais n'avoir jamais réellement vécues. Mon père m'a encore menti. Au moment où je commençais à le pardonner, il a prolongé sa peine à perpétuité. Il me cache sans doute d'autres choses. Cette personne, en qui j'avais aveuglément confiance, n'est finalement pas celle que je croyais.

Je ne sais plus qui je suis censée être. Je suis à la fois la fille d'une droguée et la presque fille d'un menteur.

Je me dirige vers la maison des Le Goff. Valentine est la seule qui puisse me calmer en quelques minutes. Elle l'a déjà beaucoup fait après mes nuits agitées et cet été particulier.

Je traverse l'allée en un rien de temps et me retrouve dans leur cour. J'entends Valentine discuter dans le jardin. Je décide de la rejoindre.

Ma surprise est d'autant plus grande lorsque j'aperçois Hugo à ses côtés. Ils sont tranquillement installés sur la balancelle familiale. Je suffoque légèrement et laisse échapper un gémissement.

Je rebrousse chemin plus vite que je suis arrivée. Je perçois des pas derrière moi et une voix hurler mon prénom.

— Alice ! Alice ! Attends ! Ce n'est pas ce que tu crois !

Je suis aussi inarrêtable que Forrest Gump. Je cours sans trop savoir où je vais, avant de freiner, plus essoufflée qu'un marathonien.

J'appelle ma grand-mère pour qu'elle vienne me chercher, un peu de consolation ne me fera sûrement pas de mal.

Je suis assise sur ce banc. La nuit est déjà tombée depuis quelques heures. Je rumine toutes les mauvaises choses qui me traversent, incapable de les stopper. Il paraît qu'à trop vouloir faire taire nos pensées encombrantes on ne conduit qu'à les stimuler. Je les entends se répondre en écho. Elles me donnent la migraine.

Le bruit du moteur qui s'approche parvient à les neutraliser rapidement. J'ouvre la portière sans un mot, avant de m'effondrer pour la énième fois de la journée. J'aurai assez pleuré pour les dix années à venir.

Ma grand-mère m'encercle de ses bras avant de déposer des baisers sur mon front, puis démarre la voiture.

En arrivant à la maison, elle me serre une tisane bien chaude dont elle seule a le secret. Quand j'étais petite, je croyais que c'était une sorcière qui fabriquait des potions magiques. Parfois, je le pense encore.

Je me presse d'avaler la première gorgée et me brûle. Mes lèvres forment un léger rictus et j'éclate de rire. Comme ça fait du bien. Ma grand-mère en fait de même et il nous faut quelques minutes avant de nous concentrer de nouveau sur la suite.

— Pour m'appeler à une heure tardive, je suppose qu'il s'est passé quelque chose avec ton père ?

Ma grand-mère voit toujours juste, même si la situation paraît pourtant évidente cette fois.

— Il m'a tout raconté pour maman. Je sais tout.

Mon regard se durcit. Je veux qu'elle se sente coupable, elle aussi. J'aperçois sa gorge se serrer immédiatement.

— Ce n'est pas faute de le lui avoir répété.

J'ignore si être au courant plus tôt aurait été plus facile.

— Tu n'imagines même pas tout ce que ton père a traversé Alice. Ne sois pas si dure avec lui.

C'était évident qu'elle le protégerait, je ne vois pas à quoi je m'attendais d'autre.

— Et quelqu'un a pensé à ce que moi je ressentais depuis tout ce temps ? Pourquoi j'avais l'impression d'être incomprise ? Pourquoi mes angoisses me paralysaient à tel point que vomir était devenu la seule solution envisageable ?

J'observe le visage de ma grand-mère se crisper toujours un peu plus. Je n'ai pas envie de la blesser. Elle n'y est pas pour grand-chose dans cette histoire.

— Alice... Tu crois qu'on l'ignorait ? Ton père a fait tout ce qu'il a pu pour toi. Les différents professionnels rencontrés étaient unanimes, il fallait laisser les souvenirs te guider et remonter à la surface lorsque tu serais enfin prête à découvrir la vérité. Tu... Tu étais si jeune à l'époque. Je ne crois pas que tu l'aurais supporté.

Je sais très bien que son discernement est sensé, mais ma raison est très loin en cette période.

— Personne n'a daigné me trouver. Papa a abandonné les recherches plus vite que pour son propre chien.

Les mots employés sont violents.

— C'est faux Alice. Au bout d'un moment il a fallu se rendre à l'évidence que Chloé ne te ramènerait pas.

Il y a encore trop d'incohérences dans cette histoire pour que je la comprenne.

— Pourquoi il n'a pas poursuivi les recherches tout seul ?

Ma grand-mère lève un sourcil interrogateur.

— Mais que t'a-t-il dit tout à l'heure ?

Je ne suis soudainement plus sûre de rien.

— Il avait découvert que tu n'étais pas sa fille. Il a pensé qu'il n'était plus digne de te retrouver. Je ne l'ai jamais vu aussi anéanti. Tu ne visualises même pas dans quel état on l'a récupéré en venant le chercher à Paris.

Je peux imaginer le bouleversement dans l'entièreté de son être. Je l'ai vécu cet été. Même si je le déteste de m'avoir laissée avec ma mère, je perçois son tiraillement. Abandonner ou se battre contre quelqu'un de plus armé que soi. J'avais le patrimoine génétique de ma mère, c'était ça son arsenal. Mon père n'était rien qu'un vulgaire pion.

J'ignore la durée qu'il me faudra pour le pardonner, mais cette discussion avec ma grand-mère m'offre une prise de conscience qui me pousse à voir plus loin que ma petite personne.

Parfois, il est nécessaire de reconnaître le point de vue de l'autre pour comprendre que nous n'aurions sans doute pas agi différemment.

Je demande à ma grand-mère si je peux rester chez elle, le temps d'y voir un peu plus clair. Ce qu'elle accepte aisément.

Je suis en train de mettre la housse sur le canapé-lit du bureau lorsque je l'entends appeler mon père.

— Oui Pacôme, tout va bien. Elle est ici pour quelques jours, je crois. Je passerai lui chercher des affaires demain. C'est mieux qu'elle fasse le point de son côté…

Oui, bien sûr que je vais en prendre soin... Oui... Oui, ne t'en fais pas, Alice est une enfant intelligente... Évidemment qu'elle t'aime... Je t'aime aussi, mon fils.

Peut-être qu'il n'est pas mon père, mais je suis capable de ressentir la douleur qui l'envahit. Je songe à rentrer à la maison pour le consoler avant de me rappeler qu'il est le seul fautif de mes maux.

J'essaie de m'en convaincre toute la nuit, mais l'insomnie qui me guette ne fait que me pousser à le pardonner un peu plus à chaque heure qui défile.

Je décide d'ouvrir la dernière lettre de cette femme que j'ai emportée avec moi tout à l'heure. Ainsi, je pourrais peut-être déterminer le sort que je réserve à mon père.

PACÔME

Je me sens mieux depuis que ma mère a appelé pour me confirmer la présence d'Alice à ses côtés. Elle saura sans doute apporter toutes les réponses à ses questions d'une bien meilleure façon que moi.

Je suis sur le chemin de la gare aussi anxieux qu'un adolescent de quinze ans qui aurait un rendez-vous pour la première fois.

Elle m'attend patiemment, assise sur un bloc de béton en guise de banc. Je serre la mâchoire avant de lui signaler ma présence en baissant la vitre de ma voiture. L'air doux de cette nouvelle saison automnale en profite pour pénétrer dans tout l'habitacle. Sophia ouvre la portière et s'installe sur le siège passager sans un mot, ses jambes légèrement fébriles.

Le trajet est silencieux, personne n'ose parler le premier par peur d'être trop entreprenant. Je décide finalement de briser la glace.

— Il y a eu un problème de train ?

Elle roule les yeux malicieusement. Je devine ce regard qui en dit long. Je souris bêtement, heureux qu'elle soit restée.

— Les vieux démons te poursuivent encore on dirait.

Je sens ses doigts caresser mon visage avec douceur. J'ai l'air ridicule avec mon bandage sur le nez.

Je n'ai pas envie d'épiloguer. Elle me connaît suffisamment pour savoir ce que j'ai fait après son départ tout à l'heure.

J'ai à peine le temps de fermer la porte d'entrée qu'elle me plaque contre le mur. Elle dépose des baisers dans mon cou, pressant son corps contre le mien. Plusieurs minutes défilent avant que l'un de nous ne daigne coller sa langue dans la bouche de l'autre.

Nos frottements sont intenses. Bien plus agressifs que cet après-midi. Sophia est sûre d'elle. Je pose mon front contre le sien un instant, essayant de capturer ce moment qui, je l'espère, se reproduira encore et encore.

Elle prend ma main, m'entraînant jusqu'à ma chambre dont elle a déjà retenu le chemin. Elle me pousse sauvagement contre le lit, retirant sa robe aussi vite qu'un éclair effleure le ciel. Elle ne me laisse pas le temps de marquer un arrêt sur ses cicatrices et se précipite sur mon corps pour me déshabiller à mon tour. Elle enlève mon t-shirt férocement avant que je ne l'aide à défaire mon jean. Je me sens tout petit à ses côtés. Ses sous-vêtements en coton me font littéralement fondre.

Elle presse mon pénis à travers mon caleçon. Je me voue entièrement à elle. Tout ce qu'elle voudra, elle l'obtiendra. Je dégage légèrement ses cheveux avant de glisser ma main à l'arrière de son soutien-gorge pour l'extirper. Je sens ses seins durcis contre mon torse. L'intégralité de mon corps frisonne à ce contact. Nos langues se mêlent toujours avec vigueur.

Je fais rouler Sophia pour me pencher au-dessus d'elle, baisant chaque parcelle de sa peau jusqu'à sa partie la plus intime. Je retire sa culotte pour trouver le trésor qui s'y cache. Je l'embrasse délicatement avant de remonter à ses seins puis à ses lèvres. Seule ma main reste accrochée à son sexe. Mes doigts glissent en elle, au chaud.

Comme les sons qui sortent de sa bouche et viennent résonner en moi m'avaient manqué ! C'est si bon !

Elle chuchote à mon oreille tout le désir qui brûle en elle. J'interprète avec rapidité son corps qui se dandine sur le matelas. Elle est prête. Je m'arrête et insiste sur mon regard. Délicatement, je m'enfonce en elle. Elle m'accueille aisément. Les premiers coups sont délicieux, mais ne sont rien comparés aux suivants, abrupts, sans artifice, savoureux, jouissifs, électrisés, érotiques, gourmands, passionnés.

Elle reprend le dessus précipitamment, à califourchon sur mon ventre. Ses va-et-vient montent en pression mon éjaculation qui se trouve désormais au bord du précipice. Je le retiens. Elle se cambre vers l'arrière pour davantage de sensation. Elle y recherche son plaisir pour me rejoindre très vite dans un orgasme commun. Nos jouissements se répondent harmonieusement. J'y dépose le mélange exquis de mon désir et des sentiments que j'éprouve pour cette femme. Elle me rend fou !

C'est si agréable de partager cette intimité avec la personne que l'on aime.

Elle vient poser sa tête contre mon torse. Nous recouvrons nos respirations tranquillement. Je préfère me taire plutôt que gâcher ce merveilleux moment, mais elle le fait parfaitement toute seule.

— Est-ce que prendre ce plaisir intense avec son ancien compagnon valait de tromper son futur mari ?

Je sens la panique dans sa voix chevrotante. Elle s'en veut déjà beaucoup. J'aimerais pouvoir la rassurer, mais je me trouve mal placé pour le faire.

— Ne l'épouse pas.

Elle fulmine. Ce qui va suivre ne présage rien de plaisant.

— Fallait y songer avant Paco ! C'est trop tard pour nous deux. La cassure est trop importante aujourd'hui.

— On peut tout réparer si tu y crois !

Son regard est glaçant. Je peux deviner toutes ses pensées sans même les entendre.

— Oui ce moment était putain de bon, comme toujours. Mais quand je te vois, je ne peux me souvenir que de cet accident et ça me donne envie de vomir Pacôme. Ça me prend aux tripes, tu comprends ?

Elle s'arrête avant d'assener ses derniers mots.

— Je vais me marier avec cet homme qui ne me donne pas la nausée quand je le regarde.

ALICE

Je hais la musique de mon téléphone qui me sort de la seule partie de la nuit où je suis parvenue à m'endormir. L'unique chose qui m'aide à lever mon corps fatigué de cette couette est l'odeur des pancakes. Je sais que ma grand-mère a voulu me faire plaisir et je me dois de le lui rendre en descendant manger avec elle.

La lumière du jour éblouit mes yeux encore gonflés et rougis. Je m'habille des vêtements embarqués la veille et file dans la salle de bain masquer ce visage épuisé par les larmes et les questionnements. On ne peut pas dire qu'un cerveau ne fonctionne pas la nuit.

Je me dirige vers la cuisine, guidée par l'odeur de la préparation.

Ma grand-mère semble heureuse, son sourire est communicateur. Le goût des crêpes, mélangées à la confiture faite maison, éveille en moi un sentiment doux et agréable. Des matins comme ceux-là, j'en voudrais tous les jours. Je mange tranquillement en écoutant la radio.

J'aimerais lui poser des questions à propos de Sophia, mais je sais déjà qu'elle refusera de me divulguer une quelconque information. Je ne me remets toujours pas de cette lettre. Mon père me cache encore bien des choses.

Ma grand-mère m'emmène au lycée. Le nœud dans ma gorge s'amplifie à chaque kilomètre franchi. Je suis incapable de parler. Je ne veux pas y aller, mais rebrousser chemin donnerait raison à tous.

J'ai reçu des dizaines de messages hier pour me conter la relation entre Hugo et Valentine. Des personnes dont j'ignorais encore la présence se sont permis de m'écrire, croyant m'informer bien entendu. Je sais pertinemment quel plaisir les gens ressentent à vous voir souffrir tout en essayant de passer pour de bons samaritains.

Dire que je n'ai jamais suivi les autres serait mentir. Il fut un temps où j'en faisais sans doute partie. Je ne considère pas qu'il existe quelqu'un d'irréprochable. D'une façon ou d'une autre, même si nous n'avons pas contribué à alimenter une rumeur, nous ne l'avons pas non plus empêchée d'être et de se propager.

J'aperçois Hugo qui attend à l'entrée du lycée, guettant chaque personne. C'est moi qu'il cherche. Je le sais, car Valentine est un peu plus loin dans la cour.

Je réfléchis à ma meilleure esquive lorsque j'approche du portail. Je marche droit devant moi, mais il me retient par le bras en le serrant de toutes ses forces.

— Lâche-moi, tu me fais mal !

— Bordel, Alice, qu'est-ce qu'il t'arrive ? On peut discuter calmement comme des adultes, non ?

Il joue l'ignorant, c'est pire que ce que je pensais.

— Tu as raison, ce n'est pas comme si tout le monde savait que tu me trompais encore sauf moi ? C'est qui la gamine maintenant, hein ?

J'observe les gens autour qui feignent faire autre chose qu'écouter notre dispute. Je sais pertinemment que ma répartie n'a aucune portée, mais je suis fatiguée de devoir me battre contre tous. J'ignore quelle histoire m'épuise le plus entre Hugo et mon père, mais je veux juste que l'on me fiche la paix une bonne fois pour toutes.

À l'apogée de mon impulsivité, je retire soudainement mon pull comme pied de nez à tous ceux qui s'insinuent perversement dans ma vie privée, laissant ma brassière noire à la vue de tous. S'ils envisagent de faire partie de mon existence, je leur en offre les premières loges.

— Je vous donne l'occasion de continuer à construire cette étiquette que vous aimez tant me coller ! Allez-y, profitez du spectacle ! Je n'en ai absolument rien à foutre de ce que vous pensez de moi. Quand vous l'aurez intégré, alors peut-être que vous finirez par affronter vos vies minables et vides d'intérêt !

Hugo s'empresse de couvrir mon corps de sa veste, cachant ce qui, désormais, ne lui appartient plus.

— Mais qu'est-ce qu'il te prend, Alice ? Tu es folle !

J'entends à peine Hugo parler. J'éprouve un plaisir vicieux pour la première fois depuis longtemps. C'est jouissif d'observer toutes ces personnes gênées par mon attitude. Je ne crois pas que mon acte soit le plus constructif. D'ailleurs, il ne fera sûrement qu'envenimer ma réputation, mais cela n'a aucune importance pour moi. Ce qu'ils veulent ce sont des larmes et de la faiblesse. Ce que je leur montre, c'est du scandale et de la provocation. Ils finiront par se lasser d'une personne indifférente et je l'ai compris depuis longtemps.

La voix que j'entends dans mon dos refroidit immédiatement toute euphorie.

— Alice Alcaras, dans mon bureau, tout de suite !

Je vais sûrement passer un sale quart d'heure, mais je crois que ça en valait la peine.

— Rejoins-moi à la pause tout à l'heure. Je t'attendrai au niveau du parking derrière le lycée. Il faut qu'on parle, Alice. Tu te trompes à mon sujet.

Je préfère ne rien répondre. Je suis, de toute façon, certaine d'être exclue au moins pour la journée.

Je m'installe sur la chaise en face du bureau du proviseur.

— Qu'est-ce qu'il t'a pris, Alice ?

Arnaud est un ami de mon père. Sa femme travaille à l'agence. Je ne m'attends pas pour autant à ce qu'il soit clément avec moi.

— C'était ma façon de dire aux gens que je les emmerde.

Il rit nerveusement.

— Tu es bien consciente que ça ne fera qu'empirer ce qu'ils pensent de toi ?

Je sais qu'il a raison, mais il était temps que je m'affirme un peu.

— Et donc je suis expulsée ?

Arnaud se gratte la barbe pour réfléchir. C'est sa mimique préférée lorsqu'il feint ne pas avoir déjà la réponse dans sa tête.

— Je vais devoir convoquer ton père pour en discuter.

Je réalise un bond depuis ma chaise.

— C'est hors de question ! Je ne veux pas le voir. Appelle plutôt ma grand-mère, c'est chez elle que je suis en ce moment.

Il ne semble pas comprendre mon attitude.

— Alice, ce n'est pas en évitant de confronter ton père que tu parviendras à résoudre vos problèmes. Je me charge de contacter Pacôme et pendant ce temps tu retournes en cours, c'est bien entendu ?

Je perçois dans son regard qu'il me sera impossible de le contredire. Fait chier.

Le cours de mathématiques est d'un ennui profond. Les exercices sont très simples et je les finis avant tout le monde. Je suis dans l'attente qu'Arnaud vienne me chercher dans la salle de classe. D'un côté, je sais que ça peut prendre une bonne partie de la journée avant que mon père ne daigne se libérer pour sa fille. C'est une question d'habitude. Le travail avant tout, c'est sa philosophie.

Il s'avère finalement que je suis de mauvaise foi. Arnaud frappe à la porte une heure à peine après notre discussion dans son bureau. Je range mes affaires et le suis, la boule inconfortablement implantée dans mon ventre.

Mon père est déjà assis. Je ne prends pas la peine de le saluer et m'installe sur la chaise d'à côté.

— Bon, comme je te l'ai dit au téléphone, Alice a dépassé les limites ce matin. Je suis malheureusement obligé de sévir, non pas par équité pour ses camarades, mais parce que c'est un comportement inacceptable au sein de mon établissement.

Il adopte un air des plus solennels. J'ai envie de rire. Il paraît bien moins sérieux lorsqu'il est saoul à la maison après quelques pintes.

Mon père fronce les sourcils avant d'acquiescer. Je hais les adultes et leurs façons hypocrites d'être d'accord.

— Je propose qu'elle soit exclue pendant deux jours, le temps qu'elle remette ses idées en place. Je passerai le mot à ses professeurs afin qu'elle puisse recevoir les cours par mail.

Le point positif c'est que je vais pouvoir cuisiner avec ma grand-mère pour m'occuper.

Nous sortons du bureau dans une ambiance glaciale. Mon père m'ordonne d'entrer dans la voiture pour me raccompagner.

— Je veux aller chez mamie.

— C'est là que je comptais te conduire.

Pour une fois, nous nous accordons rapidement.

— J'ai conscience que tout est ma faute, Alice. Je m'en excuse.

Je m'attendais à tout sauf à ça. Je n'ai même pas de remontrance, il endosse tout.

— J'étais tellement préoccupé par notre relation ces dernières semaines que je n'ai pas su voir que tu avais des problèmes au lycée.

— Ils sont tout de même moins importants que les nôtres actuellement. J'ai pas envie d'en discuter avec toi.

Il serre les poings sur son volant, contrarié, mais surtout attristé par ma colère qui ne s'estompe pas, bien au contraire.

J'écris à Hugo : « Je suis expulsée pour deux jours. On ne peut pas dire que ça ne m'arrange pas. Je n'aurai pas à te confronter. C'est terminé Hugo, ne cherche plus à me contacter s'il te plaît. »

Les mots m'arrachent le cœur. Plus que je ne l'aurais imaginé. Les sentiments sont cruels et parfois bien cachés. Je crois que je l'aime.

PACÔME

Je dépose Alice chez ma mère, sans prendre la peine de descendre. Je suis déjà suffisamment en retard pour le bureau. Même si j'en suis le directeur, j'ai horreur d'abuser de ce pouvoir en me permettant d'arriver à n'importe quelle heure.

Cette matinée était inattendue. Je me sens complètement dépassé par mon rôle de père. Alors que je devrais réprimander Alice pour son exclusion, je me suis excusé d'en être le fautif. Comme si je l'avais poussée à se déshabiller devant tout le lycée. Bordel, à quel point ai-je manqué l'éducation de ma fille pour qu'elle fasse une chose pareille ? La réelle question c'est, à quel degré ai-je été un mauvais père de sorte qu'elle se sente si mal dans sa peau ?

Je salue mes collègues rapidement avant de monter dans mon bureau. Thomas m'arrête brusquement pour me parler. Je l'esquive en lui disant ne pas avoir le temps pour ça. J'entre la clé dans la serrure, mais m'aperçois que la porte est déjà ouverte. Ma surprise est d'autant plus grande lorsque je découvre un homme assis à ma place. Je tourne la tête en direction de Thomas qui hausse les épaules. Il avait pourtant essayé de me prévenir.

Je n'ai pas besoin de beaucoup réfléchir pour reconnaître Martin, le fiancé de Sophia. La journée s'annonce encore agréable.

Il me lance un regard de défiance. Dommage pour lui, je ne suis pas d'une humeur joueuse.

— Je peux vous aider ?

Je feins l'ignorance, ce qui semble l'agacer.

— Allons, Pacôme, je pense qu'il est inutile de faire semblant. Je n'ai revu ma femme qu'au petit matin. Vous ne trouvez pas ça étrange ?

J'ai envie de rire nerveusement.

— Votre fiancée vous voulez dire ?

Il se racle la gorge. Sa mâchoire se serre. Mon nez, déjà fébrile de la veille, est prêt.

— J'ai pris le premier train pour casser votre petite gueule arrogante, mais je crois que ça n'en vaut même pas le coup.

Je m'approche du bureau en retroussant mes manches. Je joue au malin, mais en voyant la largeur de ses biceps je sais d'avance qui gagnera.

— Elle m'a tout dit.

J'ignore encore de quelle manière les événements se sont déroulés. Je ne peux m'empêcher de penser à nos corps qui se sont entremêlés une bonne partie de la nuit avant que Sophia ne parte très tôt, ne laissant qu'un modeste mot sur le lit. Elle me remerciait pour ces quelques heures de bonheur qui ne se reproduiraient plus jamais à l'avenir. J'aurais aimé pouvoir la retenir, mais mes paupières trop lourdes ne se sont pas relevées à temps.

C'est Arnaud qui m'a sorti de ce doux rêve ce matin en me convoquant au sujet d'Alice.

Je baisse les yeux en signe d'excuse. À moitié honnête.

— Je suis simplement venu vous dire que nous nous marierons dans deux semaines quoi qu'il arrive. Je la pardonne parce que je l'aime bien plus que vous n'en avez été capable. Sur ce, je vous souhaite une bonne journée Alcaras.

Je n'ai pas les mots pour désigner la cassure qui se forme à l'intérieur de moi. Je me contente de lui faire face avec la plus grande constance qu'il me soit possible d'avoir.

— Mais elle ne vous aimera jamais comme elle m'a aimé.

On ne peut pas dire que la droite n'était pas méritée. Je m'excuse d'avance auprès de mon visage que je ne cesse de mettre à l'épreuve.

Je n'ai pas envie d'entrer dans son jeu en ripostant avec les mains, alors je fais ce dont je suis doué pour.

— Vous n'êtes qu'un gage de sécurité, rien de plus. La passion, c'est avec moi qu'elle l'a toujours eue.

C'est sans compter la partie adversaire bien plus maligne que moi pour cela.

— Mieux vaut une assurance fiable qu'un homme qui provoque des accidents.

Il claque la porte en partant. J'entends Joséphine lui bredouiller quelques mots à la sortie.

— On se voit au mariage !

C'est donc réel.

Thomas se précipite dans mon bureau, suivi de près par sa femme.

— Mec putain ! Je vais le saigner, je te jure !

Je l'imagine déjà se diriger vers l'ascenseur pour le rattraper.

— Laisse tomber Thomas, c'était mérité.

Joséphine reste muette avant d'aller me chercher de la glace pour éviter à ma gueule d'ange de gonfler.

Thomas m'interroge sur-le-champ.

— Qu'est-ce qu'il faisait là ?

— Il venait régler ses comptes, c'est tout. Le problème est résolu.

Je le connais. Il ne s'arrêtera pas à ma simple réponse.

— De quoi tu parles ?

Je réfléchis avant de lui avouer mes péchés. Je ne m'attends certainement pas à ce qu'il me félicite, mais lui mentir à ce sujet ne servirait à rien.

— On a couché ensemble cette nuit.

— Avec Martin ?

Nous rions tous les deux comme des abrutis. Il se reprend.

— Merde, mec. Tu vas faire quoi ?

La vérité c'est qu'il ne va rien se passer. Il faut parfois accepter que la personne que l'on aime soit plus heureuse ailleurs.

ALICE

Ma grand-mère est étonnée de me voir rentrer aussi tôt. Mon père m'a expédiée en une minute sans prendre le temps de lui expliquer la situation, alors je m'en charge.

Ses yeux roulent de bas en haut au fur et à mesure de la discussion. Je ne sais pas si elle est déçue ou simplement triste que je m'abaisse à ce niveau.

Je monte me reposer dans le bureau, espérant pouvoir continuer ma nuit. Autant que cette exclusion serve au moins à quelque chose.

Je suis réveillée par les appels de ma grand-mère. Je devine, rien qu'à l'odeur, que c'est l'heure du repas.

J'ai une sensation étrange après cette sieste. Comme si mes rêves étaient bien plus ancrés dans la réalité que d'habitude. Il me semble pourtant qu'il est impossible de rêver pendant un temps si court de sommeil. Dedans, j'écoutais Sophia me parler de cette lettre. J'ai l'impression d'avoir manqué un indice capital. Je décide de la lire de nouveau.

« Je n'ai pas eu le courage de te voir avant de partir alors je t'écris cette ultime lettre, en reconnaissance de cet amour qui a fini par nous consumer. Tu as sans doute raison, Pacôme, j'ai eu trop peur de te perdre et c'est ce qu'il s'est produit. Je ne sais pas si j'aurais préféré te perdre d'une autre manière, mais quel genre de personne je serais si je pensais à cela. Nous avons tous les deux échoué. Nous souffrons tous les deux de cette perte que nul ne pourra compenser. C'était la plus belle année de ma vie et elle s'est transformée en véritable cauchemar. Ce qui nous liait à tout jamais s'est volatilisé comme si rien n'avait existé. Les séquelles sont aujourd'hui trop grandes. Du moins, trop importantes pour que tu ne daignes me rattraper. Tu as choisi et je souhaite de tout cœur que ce soit la meilleure idée qu'il soit. Cette fois, tu m'as brisée et tu sais qu'il n'y aura plus jamais de retour en arrière possible. Je ne te laisserai plus m'atteindre. C'est fini. Il est temps que chacun reprenne sa vie où elle en était avant notre rencontre. L'unique chose que je te lègue, c'est cette entreprise pour laquelle j'ai tant fourni. Si l'amertume prédomine, la confiance reste intègre. Je suis dévastée que tu portes cette culpabilité seul. J'aurais tant donné pour que l'on puisse s'en relever à deux. *Celle qui t'aimera à tout jamais.* »

Je commence à mieux comprendre les pleurs de mon père pendant toutes ces années. Je crois qu'il l'aimait vraiment et ça me fend le cœur qu'il ait été aussi malheureux dans sa vie amoureuse, entre ma mère et cette femme.

Cependant, je ne parviens toujours pas à me remémorer ce qui a pu déclencher cette rupture. Il me semble que ce soit suffisamment grave pour qu'elle emploie ces mots.

Je descends rejoindre ma grand-mère qui ne cesse de m'appeler depuis tout à l'heure. Je suis bien décidée à en savoir plus.

André est en train de lire son journal. Je le salue. Je m'installe à table avant de commencer mon interrogatoire.

— Maintenant que je suis au courant de tout à propos de ma mère, tu ne crois pas que c'est le moment de m'expliquer pour Sophia ?

Elle s'étouffe avec le morceau de pain qu'elle mâchait. Elle boit une gorgée d'eau avant de me répondre.

— Je ne pense pas que ce soit à moi de te le dire Alice.

Je n'en attendais pas moins.

— J'en étais sûre !

Je monte dans ma chambre, prétextant avoir perdu l'appétit. J'ai finalement une idée bien meilleure en tête.

En quelques minutes, aidée par Joséphine, la collègue de mon père, mais aussi, je m'en doutais, amie de Sophia, je contacte cette femme par téléphone.

Je suis paralysée en entendant sa voix fébrile. J'hésite soudainement à rebrousser chemin. Elle ne cesse de demander le nom de son interlocuteur.

— Qui est au bout du fil ? Pacôme c'est toi ?

Ce n'est qu'à l'évocation de mon père que je me manifeste finalement.

— Non c'est… Je suis Alice.

Une longue minute silencieuse sépare nos combinés respectifs. Je m'attends à ce qu'elle raccroche.

— Oh ! Je suis surprise. Est-ce que tout va bien ?

Elle s'inquiète pour quelqu'un qu'elle connaît à peine, par pitié ou réelle compassion.

— Oui merci.

Il me faut davantage de temps avant d'oser lui poser mes questions.

— Tu as besoin de quelque chose ?

J'aimerais lui répondre que tout ce que je voulais pendant toutes ces années c'était une figure maternelle, mais ce serait un peu agressif comme réplique. Je me contente alors de ne dévoiler qu'une seule partie de la vérité.

— Des souvenirs me reviennent progressivement depuis quelques semaines. Au-delà de ceux avec ma mère, certains vous incluent aussi.

Je peux percevoir son incompréhension à l'autre bout du fil.

— Qui vous a parlé de moi ?

Je me doutais que le sujet viendrait assez vite dans la conversation.

— Surtout pas mon père. Il ment trop pour cela. C'est son amie, Marie.

Elle bredouille quelques mots avant de se reprendre. Je m'attendais à une femme bien plus sûre d'elle. Je crois que ça me rassure d'un certain côté.

— Marie bien sûr. Que t'a-t-elle dit ? Et que te rappelles-tu, Alice ?

Je n'ai pas l'intention de lui parler des lettres avant que mon père ne le sache. J'aurais l'impression de le trahir et, même si je le déteste, c'est la dernière chose que j'ai envie de faire. Je me contente de broder ces souvenirs en un tout cohérent.

— Je sais seulement que vous avez eu une histoire passionnée avec mon père. J'en ignore la durée. Je vous ai rencontrée plusieurs fois… Je crois que vous veniez régulièrement chez nous et… Et je vous aimais bien.

J'ai l'impression que mes mots la touchent. Sa voix est chevrotante lorsqu'elle répond.

— Trois ans environ. J'ai habité avec vous quelque temps, mais c'est sûrement trop loin dans ta mémoire.

Je n'en reviens pas. C'est vraiment possible d'égarer ses souvenirs autrement que par une démence. Je sais bien que la mémoire infantile ne nous permet pas de nous rappeler l'entièreté de cette période. Cependant, j'étais persuadée que des moments aussi importants ne pouvaient pas être perdus. Je suis incapable de me remémorer cette cohabitation.

— Je l'ignorais. Il s'est passé quelque chose pour que vous vous sépariez, mais je ne parviens pas à le comprendre.

J'ai tenté de poser la question implicitement avec le plus d'adresse qu'il m'ait été possible. Je savais que ça mettrait Sophia en difficulté.

— Je suis désolée, Alice, ce n'est pas à moi de te répondre. Il faut que tu en discutes avec ton père si c'est trop pesant pour toi. Parfois, certaines choses méritent de ne jamais être connues, crois-moi.

Elle ne fait qu'accroître ma curiosité.

— J'ai entendu mon père en souffrir pendant trop longtemps pour l'oublier.

Elle ne parle plus avant un moment. Je pourrais considérer qu'elle a raccroché et pourtant je perçois sa respiration saccadée. Elle a mal.

PACÔME

La journée est longue. Je regrette parfois que l'amour porté à ce travail soit incapable de prendre le dessus sur tous mes problèmes.

Thomas et Joséphine m'ont scruté toute la pause du midi. Ils ont été surpris par mon annonce ce matin. J'ai encore du mal à réaliser moi-même que tout se soit vraiment passé. Pourtant je peux encore sentir ses caresses tout au long de mon corps, et ses baisers démarrer du bout de mes lèvres jusqu'en dessous de la ceinture. C'était agréable de pouvoir la serrer une dernière fois contre moi, même si j'ignore si ça valait le coup de me torturer pour toujours.

Elle va épouser ce crétin. J'en ai la nausée rien que d'y penser. Josie me dit d'intervenir avant qu'il ne soit trop tard. Je ne comprends pas pourquoi elle m'incite à m'y opposer. Elle devrait vouloir le bonheur de son amie. Elle sait qu'il n'est plus avec moi. Il ne l'a d'ailleurs jamais été. Je suis mauvais pour elle.

Je ne suis qu'un poison dans la vie des femmes que j'aime. Chloé s'est réfugiée dans la drogue, Sophia aurait pu mourir et Alice se déshabille devant tout le lycée. J'ignore encore ce qui ne tourne pas rond chez moi.

En fin d'après-midi, je reçois un appel transféré par Joséphine.

— J'ai Sophia en ligne. Elle veut te joindre.

Mes mains se mettent à trembler. J'ai peur. Je croyais qu'elle m'avait tout dit. Mes poings se serrent un peu plus avant d'entendre sa douce voix.

— Pacôme ? Désolée de te déranger au travail, mais il fallait absolument que je te parle.

Je perçois le caractère urgent dans son intonation.

— Je t'écoute.

Je tente le ton le plus solennel possible, ne voulant pas me montrer vulnérable.

— Ta fille m'a appelée tout à l'heure.

— Je te demande pardon ?

Je savais que ça finirait par arriver, mais je reste outré par la nouvelle. J'oublie souvent qu'Alice grandit et qu'elle n'a plus besoin de moi pour prendre ce genre d'initiative. Elle ne cesse de tourner autour du sujet depuis quelques jours. Elle s'approche toujours un peu plus de la vérité, mais n'ose pas me questionner. J'aurais dû me douter qu'elle contacterait la principale concernée bien avant.

Sophia bafouille quelques mots avant de se ressaisir.

— Tu ne m'avais pas dit que certains souvenirs de moi lui revenaient.

— Je l'ignorais. Elle ne l'évoque pas et puis d'ailleurs elle ne me parle plus tout court.

Je suis conscient que, d'une certaine manière, je lui mens. Tout comme je me joue d'Alice depuis quelque temps.

— Que voulait-elle savoir ?

— La raison de notre séparation.

J'espère de tout cœur qu'elle ne lui a rien dit. Ce n'est pas à elle de le faire. Alice souffre bien assez comme ça, il est inutile d'en rajouter.

— Et je lui ai indiqué qu'il serait préférable qu'elle te pose directement la question. Que voulais-tu que je dise après tout ? Que son père n'est qu'un lâche ? Il me semble qu'elle le sait déjà.

Sophia reprend son air supérieur. Il est toujours plus simple de lancer ses pires propos au téléphone. Si elle me voyait, jamais elle ne serait capable de me les répéter. Elle est en colère, je peux l'entendre, mais je ne supporterai pas un mot de plus aujourd'hui.

— Va te faire foutre Sophia. Tu me parles de couardise alors que tu es derrière ton petit téléphone. Tu n'es même pas fichue de me le dire en face. J'imagine que c'est plus dur quand tu as mon corps nu sous les yeux, hein ?

Moi aussi je peux jouer à celui qui sera le plus méchant à travers un combiné. Elle n'a pas de chance, ma mauvaise humeur est à son apogée et je n'ai plus peur de la perdre. C'est déjà fait depuis longtemps.

— Tu n'es qu'un con ! Si tu savais comme je regrette ce qu'il s'est passé cette nuit. Je n'en reviens pas d'avoir craqué pour un simple coup de pénis. J'ai tellement de veine d'avoir un fiancé qui m'aime. Je ne m'en étais même pas rendu compte. J'imaginais que c'était impossible que quelqu'un croie en moi à tel point d'en être follement amoureux. Tu ne sais pas ce que signifie ce mot, toi. J'ai perdu du temps à penser à quelqu'un qui ne m'aurait pas offert le quart de ce que Martin me propose. C'est avec lui que je veux être. Je te remercie de m'avoir enfin ouvert les yeux sur la pauvre personne que tu es et sur le merveilleux mari qu'il sera.

Je la laisse dérouler sa tirade qu'elle avait sans doute préparée depuis un petit moment. Sa manière de se défouler est certainement plus intelligente que la mienne. À chaque individu sa façon de vider son sac, après tout. Lorsqu'on en est capable bien sûr.

Cette aversion qu'elle a pour moi lui permet d'avancer dans sa vie, alors je me contente de lui donner ce qu'elle veut. Elle a besoin de me détester ? Je lui offre ma personne méprisante sur un plateau.

— Tu as raison. On n'a jamais été heureux ensemble de toute manière. Cela fait bien longtemps que j'ai mis notre histoire de côté. Rappelle-moi depuis combien d'années tu es avec ce type ? Je crois que trois années à mes côtés ne font pas le poids. Passe à autre chose Sophia, ce sera mieux pour tout le monde. Notre couple s'est éteint le jour de l'accident et tu le sais bien.

Elle me raccroche au nez. Ne laissant que ma souffrance se diffuser à tout mon être. Bordel, ce que c'était dur !

C'est à ce moment que Joséphine entre dans mon bureau.

— J'ai tout entendu, Paco. Pourquoi tu lui mens ainsi ?

— Parce que je l'aime putain ! Elle ne sera jamais heureuse avec moi !

La vérité me saisit en pleine face. On ne peut pas retenir les personnes que l'on aime indéfiniment sous prétexte que les savoir à nos côtés nous apaise. C'est du pur égoïsme. C'est une femme exceptionnelle qui mérite tout le bonheur du monde. Si je n'ai pas pu le lui apporter alors je me dois de la laisser le trouver auprès de quelqu'un d'autre.

Joséphine fronce les sourcils.

— Tu es conscient que tout ça n'a aucun sens, Pacôme ? Bordel, grandis ! Tu n'es plus cet adolescent autodestructeur qui préfère être malheureux et se faire casser la gueule. Regarde-toi un peu ! Demain t'auras quarante piges, Alice sera à l'université et tu seras tout seul dans ta petite existence misérable. Tu penseras toujours à cette femme qui se sera mariée à un autre et fin de l'histoire. C'est donc ça que tu veux ? Réveille-toi putain !

Je n'avais plus jamais entendu Joséphine me parler de la sorte depuis notre séparation avec Sophia. Cette manière de s'immiscer dans nos vies m'énerve au plus haut point. À moins que ce ne soit la vérité qui sorte cruellement de sa bouche qui me touche pleinement.

— C'est une façon de s'adresser à son patron peut-être ?

Je dévie la conversation du mieux possible. Je n'ai pas envie d'entrer dans son jeu.

— Tu peux incarner le gros dur autant que tu veux Pacôme, il y a des regards vides qui ne trompent pas. Tu ne me fais même plus de peine. On en a tous assez de te voir gâcher ta vie. Démerde-toi.

La vérité sans filtre.

La douleur sans analgésique.

La fatalité sans interruption.

ALICE

Je me remets à peine de mes émotions lorsque la sonnette retentit dans la maison de ma grand-mère. J'entends la voix de Valentine la saluer.

Tout, sauf elle. Fait chier.

Ma grand-mère m'appelle pour descendre. Je n'en ai aucune envie. Je rassemble tout mon courage pour aller au combat. Elle est dans l'embrasure de la porte. Je lui fais signe de sortir.

Nous nous asseyons sur le banc du jardin de ma grand-mère. Je tente de lui faire comprendre toute ma colère dans l'intensité de mon regard. Ses mains tremblent légèrement, mais je sens qu'elle ne se défilera pas. La discussion s'apprête à être mouvementée.

— Qu'est-ce qui ne tourne pas rond chez toi, Alice ?

— Vous n'en avez pas marre tous à me dire la même chose sans cesse ! Coordonnez-vous au moins.

Je n'en reviens pas qu'elle ait le cran de me faire des reproches. Si elle pense être en position pour le faire, je vais rapidement lui rappeler sa bassesse.

— Cesse de te sentir persécutée tout le temps, c'en est énervant. Contente-toi d'être heureuse avec ce que t'as, merde ! Tu finiras par tout anéantir et tu le sais.

Je ne vois pas de quelles pertes elle me parle. Je n'ai déjà plus grand-chose.

— Pourquoi t'es venue ? À part pour jouer à laquelle sera la moins fautive de notre pseudo amitié ?

Je connais suffisamment ses mimiques pour interpréter ce regard qui se détourne du mien et sa façon de mettre ses cheveux en bataille. Elle est blessée.

— Je m'excuse pour les mots qui ont dépassé ma pensée l'autre jour. Sincèrement. Tu es bien placée pour savoir que les discussions avec les personnes que l'on aime ne tournent pas toujours comme on le souhaiterait.

Elle se sert de mes points faibles pour m'attendrir. C'est ma technique préférée.

— Cesse de te foutre de moi, Valentine !

Je me lève en sursaut. Je n'ai plus envie de l'entendre. Elle m'a trahie et c'est impardonnable.

— Mais qu'est-ce qu'il te prend ?

— Putain, mais tu te tapes mon mec et tu oses être surprise !

Elle semble totalement outrée par mon accusation. Les larmes sont prêtes à jaillir de tout son être.

— Tu me crois vraiment capable d'une chose pareille ? Si tu n'étais pas aussi égoïste, tu verrais sûrement plus loin que ton petit nombril. Le monde avance pendant que tu restes bloquée sur ta haine pour un père qui t'aime du plus profond de lui.

Touchée en plein cœur. C'est dur.

— Mais tu sais quoi de la vie toi ? Tu savais que ma mère était morte d'une overdose après m'avoir arrachée à mon père pendant des mois ? Il est là mon modèle de femme, hein ?

Elle regrette déjà d'avoir été si cruelle.

— Je suis désolée, Alice. Je te jure que je l'ignorais.

Elle ne ment pas.

— Il t'a enfin tout raconté sur ta mère alors ? Tu lui en veux toujours ?

Elle profite de cette courte trêve pour se rapprocher de moi. Cela m'apaise de pouvoir lui en parler.

— C'est pas aussi simple. Je vais rester chez ma grand-mère quelques jours le temps de faire le point entre mes souvenirs et tout ce que je sais désormais. J'ai beaucoup idéalisé ma mère. C'est une page que je dois tourner seule, je crois. Et pour mon père, je suis encore trop en colère contre lui.

Elle attrape ma main pour la serrer dans la sienne. Mon cœur s'allège un peu plus, mais ce n'est que de courte durée. Je la retire rapidement.

— M'écouter n'efface en rien ce que vous faites avec Hugo.

Elle se lève du banc pour me faire face.

— Je ne sais pas ce que tu t'imagines, mais tu te trompes complètement, Alice.

— Explique-moi alors.

Elle marque un temps de réflexion avant de réagir.

— Ce n'est pas à moi de t'en parler. Je suis consciente que ma défense est minable, mais il n'y a qu'Hugo qui pourra le faire. Réponds à ses appels. Il a réellement besoin de toi.

Je veux lui faire confiance. Elle est mon amie depuis longtemps. J'ai envie de croire naïvement qu'elle ne m'aurait jamais fait un coup aussi bas.

Je dois admettre que j'ai cessé de lire les messages d'Hugo depuis quelques jours. Au fond, Valentine a raison. J'étais tellement concentrée sur moi-même que j'en ai oublié tout le reste.

— Je lui parlerai. Merci.

J'ai toujours détesté les disputes avec elle. C'est la première fois que nous demeurons fâchées aussi longtemps.

Au moment où je m'apprête à lui demander pardon, mon père débarque dans le jardin.

Il est beaucoup trop tôt pour qu'il soit déjà là. Sa présence ne présage rien de bon.

PACÔME

Il est temps que je parle à ma fille. La discussion avec Joséphine m'aura au moins permis de réaliser cela. Si je veux pouvoir passer à autre chose moi aussi, il faut que je me débarrasse de ce secret lourd à porter. Alice en a besoin.

Une fois qu'elle saura tout, il n'y aura plus jamais de mensonges entre nous. Je crois fermement que nous pourrons enfin avancer tous les deux. Cela prendra sans doute du temps, mais la vérité est meilleure quoi qu'il arrive. Elle en sort toujours vainqueur. Il y a parfois quelques morceaux fissurés, des relations brisées, des sentiments controversés et des regrets majeurs, mais la seule chose qui fait consensus c'est la libération de l'aveu. Toutefois, je suis bien conscient que le confier ne répare pas l'action.

Après les messages de ma mère cet après-midi, je me suis enfin décidé à en parler.

J'interromps une discussion entre Alice et Valentine. Ma fille semble étonnée de me voir ici.

— J'allais rentrer chez moi. N'oublie pas ce qu'on s'est dit Alice.

Valentine me salue poliment et monte sur son vélo, nous laissant comme deux benêts incapables de prononcer un mot.

— Qu'est-ce que tu fais là ? Tu n'es pas au travail ?

Son ton sec se veut déjà provocant.

— Je dois te parler. Je ne pouvais plus attendre.

Elle tente de garder son calme, mais je distingue à ses craquements de doigts toute sa nervosité. Mon cerveau essaie de traiter l'ensemble des informations qui se bousculent dans ma tête. Je ne sais plus par quoi commencer. Je crains d'être à nouveau maladroit dans mes propos, d'être incompris et de la blesser encore et encore.

Je me lance.

— Je vais te parler de Sophia.

Elle déglutit brusquement. J'imagine qu'elle ne s'y attendait pas.

— Grand-mère m'a évoqué tes questionnements. Je me doutais que les souvenirs de ta mère t'aideraient à te remémorer cette femme également. Tu as le droit de connaître l'histoire. Est-ce qu'on peut s'asseoir ?

Elle s'installe sur le banc et je la rejoins. Je prends une grande inspiration. Je suis prêt.

— Sophia était ma directrice lorsque j'ai débuté à l'agence. Ce travail, que je ne voulais absolument pas au départ, est devenu une véritable aubaine. Je n'étais plus que l'ombre de moi-même cette année-là. Je croyais t'avoir définitivement perdue. Je pense qu'il est inutile que je revienne là-dessus.

Elle hoche la tête horizontalement. Le sujet est encore trop sensible.

— Cette femme est entrée dans ma vie à un moment où je n'envisageais plus rien. Sa présence m'apaisait et je présume qu'au fil du temps je me suis épris d'elle sans m'en rendre compte.

J'omets volontairement de souligner cette passion dévorante entre Sophia et moi.

Alice m'incite à poursuivre.

— Puis je t'ai retrouvée. J'ai mis un terme à ma relation. Tu étais ma priorité et ça n'a jamais été un choix. C'était une évidence. Je me suis battu plusieurs mois avant que cette complicité ne revienne réellement entre toi et moi. C'était parfois difficile d'allier tes crises de larmes et tes cauchemars avec le travail chronophage à l'agence. Je m'étais arrangé pour rentrer plus tôt le soir et être avec toi. Je n'avais de place pour aucune autre femme que toi… Tu étais toute ma vie et j'étais bien décidé à te la consacrer.

Pour la première fois depuis le début de cette discussion, je perçois les traits du visage de ma fille se détendre. Je pourrais presque croire qu'elle sourit.

— Continue.

— Ce n'était pas simple de travailler avec Sophia. Mon amour pour elle grandissait toujours un peu plus. Pendant une période, nous nous échangions des lettres. C'était la seule façon de pouvoir exprimer nos sentiments pleinement.

Alice roule des yeux, soudainement gênée. Elle ouvre la bouche pour bredouiller quelque chose, mais se ravise finalement.

— Il m'a fallu du temps avant de penser de nouveau à un futur possible avec elle. Je devais l'inclure dans notre foyer sans te brusquer. C'était ma plus grande crainte. Je vous ai présentées une fois, puis deux, jusqu'à obtenir la certitude que sa compagnie ne te perturbait pas. J'avais eu tort d'imaginer que tu la rejetterais ou que tu serais blessée. Je ne t'avais jamais vue aussi heureuse que depuis l'instant où elle était entrée dans ta vie.

Les larmes coulent sur ses douces joues. Je m'en veux déjà d'éveiller en elle le manque évident d'une mère. Je les essuie de mes doigts. Elle n'écarte pas mon geste de tendresse.

— Pourquoi est-elle partie ?

C'est le moment que je redoute le plus. Elle me détestera de savoir que j'ai tout gâché.

— Nous étions heureux tous les trois. Sophia habitait quasiment avec nous. Et puis il y a eu cet accident.

Je me lève d'un bond et fais quelques pas dans le jardin. Je suis incapable de tenir en place, la pression est trop élevée. J'ai envie de hurler.

Je n'ai jamais pu en parler à qui que ce soit durant ces dernières années. Aucun membre de mon entourage ne s'est risqué à le faire. J'en ai la nausée rien que d'y penser.

Alice s'approche de moi, tentant de me calmer.

— Dis-moi papa. Il faut que je sache tout pour te pardonner.

J'enfonce mon regard dans le sien, tenant son visage entre mes mains.

— Quand tu sauras, tu ne seras plus capable de le faire.

Je suis prêt à me rétracter, mais elle me persuade de continuer.

— Il m'est impossible d'en vouloir à maman, comment penses-tu que ça puisse être le cas pour toi ?

Je gagne alors suffisamment de confiance pour lui raconter la suite.

— Tu étais avec ta grand-mère pour la nuit. Avec Sophia, nous étions allés manger chez des amis à une heure et demie d'ici. C'était une très bonne soirée. J'avais pas mal bu, ce qui n'était pas vraiment prévu. On dit toujours que les meilleures soirées sont celles que l'on n'attendait pas. Ce n'était qu'en partie vrai pour celle-ci.

C'est Sophia qui a conduit pour le retour. À la moitié du trajet, elle ne s'est pas sentie très bien. Elle était incapable d'effectuer le reste. Je savais qu'il fallait que je l'emmène aux urgences rapidement. Je connaissais son état de santé et les risques encourus…

Je m'arrête une nouvelle fois. L'atmosphère m'oppresse, ma respiration est davantage saccadée minute après minute.

— J'ai pris le volant, lui promettant que je n'avais pas tant bu et que j'étais apte à conduire. C'était vrai, je m'en sentais capable. C'est dingue comme l'alcool peut nous rendre soudainement bien plus forts que nous ne le sommes en réalité. J'étais prudent, putain ! Il m'a fallu une seule seconde pour foutre sa vie en l'air et la mienne par la même occasion.

Cette fois, j'explose.

— J'en ai fait des conneries dans mon existence, bordel ! Je suis tellement loin d'être le père parfait que tu idéalisais. Ça me tue que tu t'en rendes compte, maintenant que tu ne me regardes plus avec tes yeux innocents. Je te demande pardon, Alice.

Ma mère, n'en pouvant plus d'assister à la scène derrière sa fenêtre, décide d'intervenir.

— Pacôme stop ! Combien de fois on devra te répéter que tu n'y es pour rien ?

Elle me défendra éternellement. Penser que je n'étais pas le fautif a toujours aidé mes proches à mieux dormir.

Alice s'oriente vers sa grand-mère.

— Qu'est-ce qu'il s'est vraiment passé ?

Ma mère commence à répondre, mais je l'interromps. C'est à moi de le faire.

— Sophia était de plus en plus mal je… J'ai tourné la tête vers elle une seconde pour m'assurer que ça irait.

Une seconde, c'est le temps qu'il m'a fallu pour manquer ce foutu stop. Une seconde, et ta vie n'est plus jamais la même. Une putain de seconde.

Alice me serre dans ses bras instinctivement. Elle me console comme son enfant pendant que je m'effondre. Jamais je n'aurais cru l'inverse possible. Ma mère s'immisce dans ce moment de réconfort.

Je me sens mieux maintenant que je l'ai dit.

Mais je m'en veux d'être incapable de tout avouer.

ALICE

Le moment était fort. Je n'avais encore jamais vu mon père dans cet état. Je me sens mal de l'avoir laissé porter cette culpabilité depuis tout ce temps. Il est complètement ravagé par cette dernière.

Je ne le quitte plus des yeux depuis qu'il m'a tout raconté. J'ai la sensation de l'avoir trahi en lisant ses lettres. Je ne peux pas lui dire pour l'instant.

Je savoure mon jus de pomme dans une douce ambiance. Ni mon père ni ma grand-mère ne parlent, mais le silence suffit à nous apaiser tous les trois.

— Pourquoi était-elle chez nous l'autre jour ?

Mon père louche sur la madeleine qu'il s'apprête à ingérer.

— T'étais là ?

— Je suis vite partie.

Ma grand-mère semble aussi surprise que moi lorsque je l'ai aperçue.

— Nous nous sommes rencontrés à mon séminaire. Je l'ai contactée pour la revoir. Il faut croire que nous avions des choses à nous dire depuis tout ce temps.

Je reste perplexe.

— Papa... Je l'ai appelée. Je suis désolée, j'aurais dû t'en parler avant de le faire. Tu connais mon impulsivité et...

Il me coupe avant même que je n'aie terminé mon propos.

— Je sais. Elle me l'a dit. Qui peut blâmer le seul trait de caractère que nous avons en commun ?

Je ris. Il a tort, nous en avons bien plus.

— Tu l'aimes toujours ?

Il tente d'esquiver ma question par une blague, comme il est doué pour.

— Si tu y tiens encore après tout ce temps, tu devrais le lui dire.

Il réfléchit un instant.

— Elle va se marier.

L'annonce me glace le sang. Je peux lire l'amertume mélangée à une extrême douleur dans les yeux de mon père.

— Alors tu ne devrais pas la laisser faire une bêtise pareille.

Il me serre la main en signe de gratitude.

— Tu pourras me déposer quelque part avant que l'on rentre à la maison ?

Mon père acquiesce, tout sourire. Je suis heureuse de revenir chez moi.

J'embrasse ma grand-mère et la remercie pour son oreille attentive.

Je monte dans la voiture. L'automne a déjà pointé le bout de son nez depuis quelque temps. Ce changement de saison m'apporte un nouveau souffle. J'aime le moment où la teinte des feuilles se modifie avant qu'elles ne tombent lentement sur le sol. C'est comme une possibilité de tout reprendre, d'espérer les beaux jours du printemps pour se réinventer. Dans une version toujours meilleure, une couleur plus étincelante et une énergie plus forte. C'est un éternel recommencement qui offre à chaque arbre l'occasion de se révéler d'année en année.

Je salue mon père en ouvrant la portière.

Je sonne à la porte dans l'attente que quelqu'un m'accueille. Mes jambes flageolent.

— Alice.

— Hugo.

Il est beau avec sa marinière. Je suis censée être en colère, mais le voir avec ce visage aussi fermé m'attriste.

Il me fait signe d'entrer. Je le suis dans sa chambre. Sa mère est encore au travail.

— Ça y est, tu as fini ton scandale ?

Il m'agresse directement.

— J'imagine que ça a fait du bruit au lycée.

Son haussement de sourcils en dit long. Je n'ai même pas envie d'en savoir plus. Je ne regrette absolument pas mon acte. J'ai compris qu'aller dans le sens de tout le monde ne me permettait pas de me sentir mieux, bien au contraire. C'est comme si je devenais comme eux, une personne jalouse et méprisante.

— Tu as arrêté d'ignorer mes messages finalement ?

Je pourrais lui mentir, mais je n'aurais aucun intérêt à agir de la sorte.

— Je ne les ai pas lus Hugo. C'est Valentine qui m'amène ici.

Il a l'air déçu. Je lui concède une raison de plus d'être remonté contre moi.

— Elle m'a dit que tu aurais des explications à me fournir. Je t'écoute.

Il soupire. Ce qui va suivre ne va sûrement pas être agréable si j'en crois sa mâchoire qui se durcit.

— Tu penses vraiment que j'ai envie de te les donner quand tu me parles sur ce ton ? Je suis quoi pour toi, hein ? Si tu voulais seulement te venger pour ce que je t'ai fait subir cette année, considère que c'est accompli.

Il est sincère. Je sais qu'il est blessé.

— Je t'ai dit que je t'aimais Alice ! Tu n'as jamais été capable de me répondre. L'unique chose qui t'importe c'est toi-même. Tu répètes toujours que les autres ne pensent qu'à eux et n'hésitent pas à écraser pour leur réussite, mais regarde-toi un peu !

Je commence à en avoir plus qu'assez des reproches de ce genre. Je suis prête à me remettre en question, mais j'attends en retour qu'on me comprenne. Je ne peux pas dire que ces derniers mois aient été les plus simples. Il devrait le savoir.

— Alors toi aussi tu penses que je suis égoïste ?

Il ferme les yeux avant de parler.

— Je crois seulement que tes problèmes altèrent ton jugement. Ils prennent tellement le dessus que t'en oublies l'essentiel.

— Et d'après toi, c'est quoi ?

Je vois bien qu'il n'a pas réellement de réponse à m'apporter.

— Ne pas minimiser les difficultés des autres.

Je commence à saisir où il veut en venir.

— Je ne néglige pas les tiens, seulement j'ai cru entendre que tu avais déjà quelqu'un pour te consoler.

Il rit nerveusement.

— Nous y voilà.

Il faisait semblant de ne pas comprendre mon antipathie depuis le début.

— Valentine m'assure que je me trompe sur votre relation soudaine.

Il se rapproche de moi, nos visages n'étant plus qu'à quelques centimètres. La tension grimpe subitement. Il me déstabilise et cela lui plaît terriblement.

— T'as réellement pensé que nous t'avions bernée ?

Il pose sa main sur ma joue. Les frissons me parcourent.

— Dois-je te rappeler que tu l'as déjà fait ?

Ses doigts glissent sous mon t-shirt.

— Tu crois vraiment que je n'ai pas retenu la leçon ?

J'entre dans son jeu. Je colle mon front au sien.

— Tu es un très mauvais élève.

Il capitule en posant ses lèvres sur les miennes. Nous nous perdons dans un baiser langoureux puis il me jette sur le lit. Il ne nous faut que quelques secondes avant d'être entièrement nus. Le désir peut parfois nous réduire à notre nature animale.

Après quelques caresses, il glisse en moi. C'est si bon de le retrouver. La passion qui nous lie est ardente. J'aimerais que nous restions dans cette position pour l'éternité.

Nous nous provoquons à chaque coup de reins. Le mépris n'a pas que du mauvais. Il nous entraîne dans une bestialité dévorante et profonde. En quelques minutes, la rancœur que nous éprouvons l'un envers l'autre porte nos sensations à l'apogée. Nous poussons un râle commun. Il se perd en moi pendant que l'univers voluptueux m'accueille.

Les mots m'arrachent la bouche sans que je puisse les contrôler.

— Je t'aime aussi Hugo.

Il se retire sans réponse et vient s'asseoir au bord du lit, me laissant dans une frustration extrême et une déception plus forte encore.

Il attend que sa respiration reprenne son calme avant de parler. Je n'ose pas caresser son dos de ma main de peur qu'il ne la rejette.

— J'ai retrouvé mon père.

Je reste stoïque. Mon égoïsme me saisit de plein fouet.

— Il était en cellule de dégrisement. C'est Valentine qui m'a prévenu.

Je comprends mieux le lien qui les unissait ces derniers jours. Le père de Valentine est inspecteur de police. J'incite Hugo à poursuivre.

— Je l'ai attendu à sa sortie dès que j'ai su. Il me fallait des explications. Il était méconnaissable, comme s'il avait vieilli de vingt ans. Il avait l'air heureux de me voir, j'ai eu une lueur d'espoir. Comme on peut être naïf lorsqu'il s'agit de nos parents.

J'aimerais appuyer son propos, mais je n'ai pas l'énergie.

— On a commencé à se fixer des rendez-vous. Ça me faisait un bien fou, si tu savais. Je blessais ma mère, mais c'était plus fort que moi.

— Personne ne peut te blâmer pour ça. C'est ton père.

Il m'embrasse à pleine bouche et descend sa main pour y trouver du réconfort, mais je l'arrête.

— Hugo... Coucher avec moi ne t'aidera pas à aller mieux sur le long terme.

Il se met à rire nerveusement. Je dégage ses cheveux vers l'arrière dans un geste plein d'affection.

— Parle-moi.

Il tente de jouer au dur, mais je vois bien les larmes aux coins de ses yeux qui menacent de couler.

— Mon père est toujours un menteur, je le sais maintenant.

Je prends sa main dans la mienne, essayant de lui donner toute ma force. J'en oublierais presque que je n'en ai plus assez.

— J'étais prêt à reconsidérer tout ce qui s'était passé dans sa vie ces dernières années. Il avait des arguments incroyables pour expliquer son abandon. J'allais le pardonner d'avoir été un mauvais père, tu t'en rends compte ?

Bien sûr. Si ma mère était encore de ce monde, je la serrerais dans mes bras malgré tout.

— Puis il a commencé à me demander de l'argent. Il racontait qu'il en devait à des amis qui l'avaient aidé à monter son entreprise. Alice, je suis peut-être prêt à tout pour lui, mais jamais je n'aurais volé des billets à ma mère. Pas après tout le mal qu'elle se donne pour que je vive comme les autres.

À l'évocation de sa mère, il craque totalement. Il pose sa tête sur mes genoux comme un enfant qu'il faudrait consoler. Ce que je fais.

— Je ne veux plus jamais le voir. Ce n'est qu'un menteur alcoolique par-dessus le marché. Tout ce qu'il espère c'est qu'on lui paie ses bouteilles à quarante degrés. Me trouver à la sortie de ce poste, il l'a perçu comme une chance d'être abreuvé gratuitement.

J'ai tellement mal pour lui.

— Ma mère est morte d'une overdose. Elle me nourrissait avec des bonbons pour pouvoir me faire taire et rembourser ses petites seringues.

Une de mes larmes roule sur son front. Nous restons enlacés une bonne partie de la journée. Comme deux orphelins.

PACÔME

Les propos de ma fille, couplés à ceux de Joséphine, tournent en boucle dans ma tête. Je ne devrais pas laisser la femme de ma vie s'engager auprès d'un autre homme.

Je ne parviens pas à parler de cet accident. J'ai omis les détails les plus importants à Alice parce que je suis déjà incapable de dire tout ce que je ressens à Sophia. Il va falloir que ça sorte et j'en suis bien conscient. J'ai tout gardé au fond de moi depuis tout ce temps et j'en suis le premier malheureux.

Je me réfugie dans ma chambre, attrape mon plus beau stylo et commence à griffonner quelques mots sur une feuille blanche. L'exercice est bien plus angoissant qu'écrire des milliers de dépêches sur un ordinateur.

« Sophia, j'aurais dû te parler depuis longtemps. J'aurais dû avoir le courage de t'exprimer tous les sentiments qui m'ont parcouru pendant cette interminable période. Il est déjà trop tard au moment où je le fais, mais je m'en voudrais le reste de cette fichue vie si j'en étais incapable. Je vais alors évoquer le mot qui brûle dans tout mon être quand je le prononce à haute voix, l'accident. Fuir les problèmes a toujours été ma solution préférée et j'ai souvent admiré ta faculté à les affronter envers et contre tout. Alice te ressemble. Lorsque je vois la femme forte qu'elle devient, je commence à comprendre que c'est à moi de changer. On est différents, toi et moi, c'est ce qui nous a sans doute rapprochés. Tu as su lire en moi comme personne, tu m'as épaulé auprès de ma fille, tu as cru en ce minable journaliste que j'étais et, malgré tout, je t'ai sans cesse rejetée. Il y avait un prétexte à tout. Je pensais me protéger de sentiments qui finiraient sans aucun doute par me ronger, mais en les écartant je n'ai fait que les alimenter toujours un peu plus. Cet accident, je ne me le pardonnerai jamais, Sophia. J'ai renoncé à la femme que j'aimais à en perdre l'esprit et ai réduit à néant la famille qu'on s'apprêtait à former. La vie m'avait offert une seconde chance et je n'ai pas su la saisir à temps. Tu m'as pourtant juré pendant des semaines que je n'y étais pour rien et que nous pouvions tout recommencer. Je n'ai jamais voulu entendre tes pleurs et tes cris de rage. À partir de l'instant où je nous ai vus dans ce champ, la tête à l'envers et le visage ensanglanté, j'avais déjà songé à partir le plus loin possible. Quand j'ai découvert ce regard à l'hôpital, empreint de souffrance et de haine, j'ai su que te quitter serait la meilleure des décisions. J'étais certain que tu n'aurais jamais été heureuse avec moi, car, au moment où tout se serait arrangé, j'aurais trouvé un moyen de tout gâcher. Je ne peux pas te dire que je n'ai jamais espéré. C'est faux. Au moment où tu as annoncé cette grossesse, j'étais déjà prêt à tout pour ce petit être. À chaque fois que je doutais de ma capacité à être père, je n'avais qu'à lire dans le regard d'Alice pour y croire. À chaque fois que je doutais de ma capacité à être ton amant, je n'avais qu'à lire dans ton regard tout l'amour que tu me portais. Cela a été la meilleure période de toute ma vie, ces mois à attendre qu'il pointe le bout de son nez. Tu étais si belle avec ce ventre arrondi, si libérée, si passionnée. Je te l'ai dit, jamais je n'oublierai la sensation de mon cœur qui se décroche au moment où j'ai compris que je l'avais tué. Tout ce temps à se languir de savoir à qui il ressemblerait le plus a été anéanti en une fraction de seconde. L'alcool m'a donné des ailes cette nuit-là. La grossesse t'épuisait et j'en étais conscient. Jamais je n'aurais dû te laisser le volant et encore moins le prendre. L'alcool m'a donné un pouvoir cette nuit-là. Je te voyais souffrir et la panique m'a complètement submergé. En un coup d'œil jeté vers toi, j'ai foutu nos vies en l'air. L'alcool m'a peut-être poussé à conduire cette nuit-là, mais je suis le seul à avoir tué le fruit de notre amour. Te quitter m'a paru évident. Je n'aurais jamais pu te regarder droit dans les yeux sans y percevoir mon reflet meurtrier. Alors j'ai fui. Je te demande pardon. »

ALICE

Mon père a les yeux rougis en venant me chercher. J'attends que nous soyons rentrés à la maison pour lui parler. Il s'arrête poster une lettre sur le chemin. Je le vois hésiter avant de le faire. Si mon intuition est la bonne, je crois connaître la destinataire.

— Il faut que je te dise quelque chose.

J'ai les mains moites. J'ai peur de gâcher la fragile réconciliation entre nous.

— J'ai lu vos correspondances avec Sophia. Je suis désolée, je n'aurais pas dû…

Il m'arrête immédiatement, un sourire en coin. Je connais suffisamment mon père pour en interpréter la signification.

— Tu savais ! Je n'y crois pas !

Depuis le début je m'en veux d'être aussi intrusive dans cette histoire. Il est bien plus malin que moi encore. J'ai été battue à mon propre jeu.

— Ne me dis pas que Marie était au courant ?

Il détourne le regard, gêné. Ils m'ont bien eue. Je lui demande tout de même des explications.

— C'était son idée. Elle pensait qu'en éveillant en toi les souvenirs de Sophia ça te permettrait d'aller de l'avant à propos de ta mère.

J'ai du mal à comprendre son raisonnement. Mes sourcils qui se froncent expriment toute ma perplexité.

— Elle disait que tu finirais par me poser des questions et qu'il serait temps que j'y réponde. J'en ai toujours été incapable, d'autant plus après l'été que nous avons passé tous les deux. Marie connaissait l'existence de ces lettres. Elle y a vu l'occasion d'un élément déclencheur en toi.

Je suis complètement abasourdie.

— J'ai regretté de l'avoir écoutée. J'ai compris très vite que tu avais commencé à les lire, ton regard avait changé. Je suis désolé, Alice… Si j'avais été courageux, je t'aurais tout avoué depuis bien longtemps.

— Tes mots auraient été sans doute trop brusques. Je crois que Marie a eu raison. On était incapables de communiquer autrement toi et moi. L'écrit est parfois le seul moyen pour se faire entendre au plus juste.

Je serre sa main avec la ferme intention de le pardonner. Il semble pourtant encore nerveux.

— Alice, j'ai quelque chose pour toi.

Il sort une feuille de sa poche. Tout son corps tremble.

— Si c'est une lettre de maman, je ne veux pas la lire.

Je suis sincère. J'en sais suffisamment sur elle pour être blessée dans mon ego tout le reste de ma vie. Je n'ai aucune envie que ses mots m'atteignent encore.

Mon père hoche la tête.

— C'est la lettre que je viens de poster. Je t'en ai fait une copie pour que tu puisses la lire.

Ma gorge se serre tout à coup. Il ne m'a pas tout avoué.

— Tu l'as dit toi-même, le stylo est parfois notre meilleur allié lorsque les mots ne peuvent sortir de notre bouche. Je n'ai pas eu le courage tout à l'heure, alors je te laisse découvrir cette lettre. Je promets de répondre à toutes tes questions ensuite.

Je la saisis, peu sûre de moi.

— Je t'offre la possibilité de me haïr un peu plus.

Je soupire nerveusement. Il pourrait avoir tué quelqu'un que je l'aimerais toujours d'un amour inconditionnel.

PACÔME

— À quelle heure est mon rendez-vous, Josie ?

C'est toujours elle que j'appelle lorsque j'arrive en retard au travail. Elle connaît mon emploi du temps par cœur. Parfois, je me demande si elle n'est pas davantage ma secrétaire que ma meilleure journaliste.

Je l'entends souffler à l'autre bout du fil.

— Dans quinze minutes Pacôme. Elle vient pour le recrutement.

Décidément, je n'en peux plus de ces entretiens qui s'enchaînent depuis deux semaines. J'avais imposé à Thomas d'en faire passer le plus possible, mais comme d'habitude, il trouve toujours une bonne excuse pour ne pas se rendre disponible.

J'ai à peine le temps d'aller me chercher un café et de me poser tranquillement sur mon fauteuil pour lire mes mails que la secrétaire de l'agence, la vraie cette fois, me prévient de l'arrivée de la recrue potentielle. J'aurais presque envie d'annuler, mais ce ne serait pas très professionnel.

J'entends frapper à la porte. Je suis déjà agacé qu'elle ose se pointer sans attendre dans le coin salon. Je l'invite à entrer avec peu d'enthousiasme et la salue sans la regarder une seconde, concentré sur un message quelque peu tumultueux d'un de nos clients. La matinée commence bien.

Je l'entends retirer sa veste et s'asseoir. Je n'ai toujours pas tourné la tête vers elle. Elle se présente à moi.

Il me suffit d'un seul son sorti de sa bouche pour que mes poils se dressent. Une voix aussi envoûtante, on ne l'oublie jamais.

— Sophia.

Ses yeux s'ancrent un peu plus dans les miens.

— Enfin vous me confrontez, monsieur Alcaras.

Elle prend un ton rieur. Je ne sais plus quoi penser. J'essaie de percevoir la bague à son annulaire, mais ses mains sont cachées sous le bureau.

— Comment tu vas ?

Tout à coup, son visage se durcit plus sérieusement.

— Il paraît que vous cherchez une nouvelle journaliste ?

J'ignore à quoi elle s'amuse, mais je décide d'entrer dans son jeu.

— Vous avez de l'expérience dans le métier ?

— J'étais à votre place il n'y a pas si longtemps. Un siège très confortable !

Elle me lance un regard malicieux. Je dois bien avouer que la tension grimpe d'un niveau. J'ai un peu chaud tout à coup.

— Ce sont vos salariés qui en avaient de la chance.

Elle sourit avant de se reprendre. Ses cheveux ont changé de couleur depuis notre dernière rencontre. Ils sont plus roux et lumineux. Elle est belle. J'aimerais pouvoir déposer mes lèvres sur les siennes pour les goûter une ultime fois.

— Plus sérieusement, Pacôme. Je n'aurais jamais dû quitter cette agence. C'est ici qu'est ma place.

Je suis complètement déstabilisé par ses aveux. Je ne sais pas si elle postule sincèrement ou si elle veut reprendre sa position, là, dans ce bureau. J'aime être le directeur de cette agence, mais je lui céderai ce privilège sans aucune contrepartie.

— Si tu es d'accord, ne cherche plus, je serai ta nouvelle journaliste.

Si j'en crois ses paroles affirmées, elle est très sérieuse dans sa démarche.

— Je ne comprends pas, Sophia ?

Elle se lève de la chaise et s'avance vers moi. Mon cœur fait un bond.

— J'ai quitté mon poste à Paris.

Il est inutile de lui en demander la raison. Je remarque immédiatement qu'aucune bague ne recouvre son annulaire. Elle me surprend dans mon observation.

— Comme tu peux le constater, je ne l'ai pas épousé.

Je ne peux m'empêcher de me réjouir de la nouvelle, mais je masque, autant qu'il m'est possible, mon soulagement. Je suis néanmoins étonné que Thomas et Joséphine ne m'aient pas prévenu. Ils y étaient pourtant conviés.

— Nous avons tout annulé la semaine du mariage. Cela a été un choix difficile.

Elle s'assoit de nouveau, les émotions ne lui permettant pas de rester debout.

— Que s'est-il passé ?

J'inspire avant d'accueillir sa réponse. J'ai peur.

— Il m'était impossible d'épouser un homme en pensant à un autre.

Si je le pouvais, je la serrerais dans mes bras, mais son visage fermé me fait comprendre que je suis loin d'avoir emporté la partie.

— Comme tu dois t'en douter, j'ai reçu ta lettre.

J'acquiesce en hochant la tête. Je sens ma peau plus pâle que jamais.

— Tu te trompes Paco. Il n'y a que toi qui voyais un meurtrier.

Une larme roule sur ma joue.

— Tout ce que je percevais, moi, c'était un homme qui voulait emmener la mère de son futur enfant à l'hôpital et qui, dans la panique, a perdu le contrôle. Tu t'en veux parce que tu avais bu, mais je reste persuadée que l'issue aurait été la même. Cela faisait des semaines que j'étais alitée. J'avais insisté pour aller à cette soirée et tu avais cédé à mon caprice de femme enceinte. Il m'aura coûté mon enfant. Notre enfant. Si tu savais combien je me le suis reproché moi aussi.

Je l'ignorais totalement. Si j'avais daigné lui accorder la chance de s'exprimer à l'époque, nous n'en serions sans doute pas là aujourd'hui.

— À l'inverse de toi, je ne t'aurais jamais quitté par peur de ne plus jamais pouvoir te regarder en face.

Je tente de m'excuser, mais elle m'interrompt brutalement.

— J'ai beaucoup réfléchi depuis ta lettre. Tu n'es pas le seul fautif Paco… C'était tellement plus simple de t'accuser d'avoir ruiné notre couple, notre famille. Cela m'empêchait de penser que je n'avais pas non plus donné le maximum pour nous sauver. Si tu savais comme la haine m'a permis d'avancer. J'avais tant de rage contre toi que je m'en suis servie dans mon ascendance professionnelle. J'ai été égoïste d'imaginer que j'étais la seule à souffrir. Tu méritais que je me batte davantage. J'ai préféré te laisser croire que tu étais responsable, mais je ne vaux pas mieux que toi dans cette histoire. On a tout gâché.

Je ne m'attendais pas à ce genre de repenti. Je n'avais jamais adopté cet angle-là de l'accident.

— Te revoir ces dernières semaines m'a fait réaliser beaucoup de choses. Quitter Martin pourrait sembler être un coup de tête, mais ce n'en est certainement pas un. Je crois que ça fait des années que je tente de me convaincre d'un amour qui ne sera jamais aussi intense et véritable que le nôtre ait pu l'être.

Nous restons silencieux un long moment, les yeux dirigés vers le sol, incapables de faire face à l'autre.

— Vous êtes engagée, Madame Haros.

Elle me sourit enfin avant de se lever pour me serrer la main.

— Je suis ravie de pouvoir faire équipe de nouveau avec vous.

Je garde sa main dans la mienne, la fixant toujours un peu plus, avant de déposer un chaste baiser au coin de ses lèvres. L'atmosphère se réchauffe alors.

Les derniers mots qui sortent de sa bouche nourrissent un espoir que je n'avais plus eu depuis cet accident.

Ils me permettent de croire que demain sera plus beau.

— En souhaitant que cette nouvelle collaboration soit aussi fructueuse que la précédente.

ALICE

J'entends Valentine hurler mon nom à l'autre bout de la cour. Je m'approche d'elle, un sourire en coin.

— Mais qu'est-ce qu'il t'a pris, Alice ?

Je connais déjà le sujet de son excitation soudaine.

— J'ai fait ce qu'il me semblait être le bon choix. C'est tout.

Ses yeux sont prêts à sortir de leurs orbites. Je me prépare à les accueillir dans mes mains si cela continue.

— J'avais oublié à quel point les nouvelles allaient si vite dans cette école. Tu es au courant bien avant que ta meilleure amie, et principale concernée, vienne t'en parler.

Valentine réagit toujours de la même façon lorsque quelque chose la contrarie. Son regard se perd au loin, feignant une réflexion profonde. Elle triture ses mains et fronce progressivement ses sourcils. Cette fille me fait rire même quand elle est en colère. Voilà pourquoi je l'aime autant.

— C'est Justine qui l'a annoncé, avec la plus grande tristesse, tu te doutes bien !

Si elle pense que je lui ai rendu service, elle peut attendre longtemps.

— Pourquoi tu l'as quitté ?

Je n'ai pas eu le courage de prévenir Valentine avant. C'était trop difficile pour moi d'en parler.

Je nous revois alors quelques jours plus tôt avec Hugo.

Je me remettais à peine de la lettre de mon père. J'ai encore du mal à croire que j'aurais pu avoir un petit frère ou une petite sœur. Ça aurait changé tellement de choses dans nos vies.

Pendant que j'étais nue dans les bras d'Hugo, je ne pouvais m'empêcher de penser à toute cette histoire entre Sophia et papa. J'observais Hugo réfléchir de son côté, il avait l'air totalement perdu lui aussi.

On était comme deux idiots, physiquement proches et pourtant à des années-lumière dans nos têtes.

— Tu crois que c'est le bon moment pour tomber amoureux ?

Il s'est redressé vers moi, ne comprenant pas bien où je voulais en venir.

— J'imagine qu'il n'y a pas de temps précis pour ça. C'est inattendu, on saute, c'est tout.

J'ai réfléchi un instant avant de rassembler toute ma force pour ce que je m'apprêtais à annoncer.

— Et tu penses qu'on peut être amoureux et choisir de ne pas tenter l'expérience ?

Ses muscles ont commencé à se raidir. Il a compris. Il l'a dit avant moi.

— Tu crois que deux amants se retrouvent fatalement ?

J'ai souri. Il représente tout ce que je veux pour le reste de mon existence. Seulement, j'ai besoin de vivre avant.

Hugo s'accommode toujours parfaitement à mes états d'âme. C'est naturel, parce qu'il est exactement comme moi. Perdu et si ancré, joyeux et si abîmé, curieux et si craintif, intelligent et si imprévisible.

On s'est séparés aussi simplement. On appelle cela un commun accord. Ça arrive parfois lorsque deux êtres s'aiment si fort qu'ils sont persuadés que l'avenir les réunira de nouveau un jour. C'est ce dont je reste convaincue pour mon père et cette femme.

On peut le nommer coup de poker également.

Tout ce que je voulais, c'était renouer les liens avec mon père. J'avais perdu assez de temps à être en colère contre le seul homme qui m'aimerait invariablement et perpétuellement.

J'ai embrassé Hugo une dernière fois en croyant que demain serait plus beau encore.